W0464767

Sybil Gräfin Schönfeldt

Mein Weihnachtsbuch

Sybil Gräfin Schönfeldt

MEIN WEIHNACHTSBUCH

benno

Dieses Buch erschien zuerst 1994 im Quell Verlag.

Sybil Gräfin Schönfeldt,
geboren 1927, Studium der Germanistik und Kunstgeschichte, 1951 Promotion, Übersetzerin, Journalistin und preisgekrönte Bestsellerautorin, lebt seit den 50er Jahren in Hamburg.

Bibliografische Information der Deutschen Nationalbibliothek
Die Deutsche Nationalbibliothek verzeichnet diese Publikation in der Deutschen Nationalbibliografie; detaillierte bibliografische Daten sind im Internet unter http://dnb.d-nb.de abrufbar.

Besuchen Sie uns im Internet:
www.st-benno.de.

Gern informieren wir Sie unverbindlich und aktuell auch in unserem Newsletter zum Verlagsprogramm, zu Neuerscheinungen und Aktionen.
Einfach anmelden unter www.st-benno.de.

ISBN 978-3-7462-5780-8

© St. Benno Verlag GmbH, Leipzig
Umschlaggestaltung: Rungwerth Design, Düsseldorf
Covermotiv: © akg-images
Gesamtherstellung: Kontext, Dresden (A)

Inhalt

Alle Jahre wieder

Weihnachten ist die Geburt des Herrn. Wem das genügt, der kann Weihnachten feiern, und was alle Jahre wieder auf Straßen und Gassen mit den säkularisierten Sinnbildern dieses Festes geschieht, berührt ihn so wenig wie die Waschmittelreklame. Weihnachten ist ewig, aber da wir es immer wieder feiern, wandelt es sich mit der Zeit, wird ein Spiegel dessen, was gerade Gegenwart ist. Weihnachten sind die Hirten auf dem Felde, ist die Einsamkeit in der Nacht, noch ohne Engel, ist das Aufrauschen der Flügel, die heute den Engeln nicht mehr zugestanden werden und die man doch zu hören meint als das erste himmlische Geräusch, noch ehe die Hirten aufblicken, noch ehe dem Unglauben die Botschaft und der Befehl verkündet wird.

Weihnachten ist das liebliche Kind und alle Hoffnung, die Menschenmütter je an ihre lieblichen Kinder geknüpft haben, ist das Glück im Stall, warm, geborgen zwischen Ochs und Esel, und so soll Familie sein, diese Einheit, dieser Augenblick, in dem der Schrecken der Welt, in der Zank und Streit gebannt sind, soll einmal Wahrheit sein. Weihnachten ist ein Anfang, und am Ende steht das Kreuz. In alten Weihnachtsspeisen gab es stets eine Prise Bitternis – das herbe Kraut Beifuß im fetten Gänsebraten, die Bittermandel in den süßen Teigen – die mitten im Glück dieses Anfangs an die Bitternis des Karfreitags erinnern sollte, und noch heute verzehrt man diese Bitternis des Todes, ohne zu wissen, was sie, was das Gold der Nüsse im Tannenbaum und ihr geheimnisvoll dunkles Inneres bedeuten sollen: Ja, da ist der königliche Glanz und der Triumph der ewigen Verheißung, aber da ist das irdische Leben, das wir wie die Nüsse knacken müssen. Kein Mensch weiß, was es uns bringt. Das Dunkel im Herzen der Nuss.

Weil Weihnachten so vieles ist und weil uns Weihnachten so viel bedeutet, weil in jeder Kindheit Weihnachten eine unvergleichliche Rolle gespielt hat, gibt es so viele Geschichten von dieser Zeit.

Manche liest man immer wieder, und zu „meinen" Weihnachtsgeschichten gehören auch solche, die für eine Sammlung zu lang waren, weil sie selbst einen ganzen Roman durchziehen wie die wundersame weihnachtliche Bekehrung des Geizkragens Scrooge, von dem Charles Dickens erzählt, oder Thomas Manns Schilderung des Weihnachtsessens im Hause Buddenbrook, dessen Fülle und Üppigkeit der junge Enkel und Erbe nicht mehr gewachsen ist. Oder Adalbert Stifters lang und weit ausholende Novelle „Bergkristall", in der es um Geschwister geht, die sich auf dem Heimweg im Hochgebirge verirren und eine weihnachtliche Mondnacht im Firnschnee verbringen, und bei deren Rettung sich die verfeindeten Familien in den verschiedenen Bergtälern endlich wieder versöhnen. Auch die unsterblichen Verse von Ringelnatz vom Seemann Kuttel Daddeldu gehören dazu, der „dacht an seine wartende Braut. / Aber es hat nicht sein gesollt …" All seine Geschenke, die chinesischen Tassen, die Feigen und die Kolibris, sind zum Schluss in Scherben, „und die See ging hoch und der Wind wehte".

Was ist Weihnachten? Überdruss und Übelkeit nach dem Festessen? Friede auf Erden? Güte statt Geiz und Rettung in höchster Not? Totale Trunkenheit? Ringelnatz, der seinen Kuttel wortwörtlich erleben lässt: „Plötzlich brannte der Weihnachtsbaum", hat ein anderes Gedicht geschrieben, das so beginnt: „Ein Kind – von einem Schiefertafel-Schwämmchen / Umhüpft – rennt froh durch mein Gemüt …" Das ist das Bild, bei dem man zu lächeln beginnt, und wenn man die letzten Zeilen liest: „Wenn wir im Traume eines ewigen Traumes / Alle unfeindlich sind – einmal im Jahr! –", dann denkt man wohl mit Ringelnatz, dass es so „sein soll, wie's allen einmal war".

Wie's allen einmal war – davon erzählen die anderen Geschichten und Gedichte dieses Weihnachtsbuches, und wenn sie dazu verlocken, den ganzen Hebbel und die politische Vorgeschichte von Storms bitterer Emigrantennovelle zu lesen, die allererste Weihnachtsgeschichte der Evangelisten und alle von Selma Lagerlöf, dann wird Weihnachten wirklich ein Fest.

Sybil Gräfin Schönfeldt

Ein Winterabend

Wenn der Schnee ans Fenster fällt,
lang die Abendglocke läutet,
vielen ist der Tisch bereitet
und das Haus ist wohlbestellt.

Mancher auf der Wanderschaft
kommt ans Tor auf dunklen Pfaden.
Golden blüht der Baum der Gnaden
aus der Erde kühlem Saft.

Wanderer tritt still herein;
Schmerz versteinerte die Schwelle.
Da erglänzt in reiner Helle
auf dem Tische Brot und Wein.

Georg Trakl

Die Musik spricht

Ich bin ein Engel, Menschenkind, das wisse,
mein Flügelpaar klingt in dem Morgenlichte,
den grünen Wald erfreut mein Angesichte,
das Nachtigallenchor gibt seine Grüße.

Wem ich der Sterblichen die Lippe küsse,
dem tönt die Welt ein göttliches Gedichte,
Wald, Wasser, Feld und Luft spricht ihm Geschichte,
im Herzen rinnen Paradiesesflüsse.

Die ewige Liebe, welche nie vergangen,
erscheint ihm im Triumph auf allen Wogen,
er nimmt den Tönen ihre dunkle Hülle,

da regt sich, schlägt in Jubel auf die Stille,
zur spielenden Glorie wird der Himmelsbogen,
der Trunkne hört, was alle Engel sangen.

Ludwig Tieck

Melozzo da Forli, Engel mit Viola

Ein Weihnachtsengel

Mit den Tannenbäumen begann es. Eines Morgens, noch ehe Ferien waren, hafteten an den Straßenecken die grünen Siegel, die die Stadt wie ein großes Weihnachtspaket an hundert Ecken und Kanten zu sichern schienen. Dann barst sie eines schönen Tages dennoch, und Spielzeug, Nüsse, Stroh und Baumschmuck quollen aus ihrem Innern: der Weihnachtsmarkt. Mit ihnen quoll noch etwas anderes hervor: die Armut. Wie nämlich Äpfel und Nüsse mit ein wenig Schaumgold neben dem Marzipan sich auf dem Weihnachtsteller zeigen durften, so auch die armen Leute mit Lametta und bunten Kerzen in den bessern Vierteln. Die Reichen schickten ihre Kinder vor, um jenen der Armen wollene Schäfchen abzukaufen oder Almosen auszuteilen, die sie selbst vor Scham nicht über ihre Hände brachten.

Inzwischen stand bereits auf der Veranda der Baum, den meine Mutter insgeheim gekauft und über die Hintertreppe in die Wohnung hatte bringen lassen. Und wunderbarer als alles, was das Kerzenlicht ihm gab, war, wie das nahe Fest in seine Zweige mit jedem Tage dichter sich verspann. In den Höfen begannen die Leierkästen die letzte Frist mit Chorälen zu dehnen. Endlich war sie dennoch verstrichen und einer jener Tage wieder da, an deren frühesten ich mich hier erinnere. In meinem Zimmer wartete ich, bis es sechs werden wollte. Kein Fels des späteren Lebens

kennt diese Stunde, die wie ein Pfeil im Herzen des Tages zittert.
Es war schon dunkel, trotzdem entzündete ich nicht die Lampe, um den Blick nicht von den Fenstern überm Hof zu wenden, hinter denen nun die ersten Kerzen zu sehen waren. Es war von allen Augenblicken, die das Dasein des Weihnachtsbaumes hat, der bänglichste, in dem er Nadeln und Geäst dem Dunkel opfert, um nichts zu sein als ein unnahbares, doch nahes Sternbild im trüben Fenster einer Hinterwohnung. Und wie ein solches Sternbild hin und wieder eins der verlassenen Fenster begnadete, indessen viele weiter dunkel blieben und andere, noch trauriger, im Gaslicht der frühen Abende verkümmerten, schien mir, dass diese weihnachtlichen Fenster die Einsamkeit, das Alter und das Darben – all das, wovon die armen Leute schwiegen – in sich fassten. Dann fiel mir wieder die Bescherung ein, die meine Eltern eben rüsteten. Kaum aber hatte ich so schweren Herzens, wie nur die Nähe eines sichern Glücks es macht, mich von dem Fenster abgewandt, so spürte ich eine fremde Gegenwart im Raum. Es war nichts als ein Wind, sodass die Worte, die sich auf meinen Lippen bildeten, wie Falten waren, die ein träges Segel plötzlich vor einer frischen Brise wirft:

„Alle Jahre wieder
kommt das Christuskind
auf die Erde nieder,
wo wir Menschen sind“

– mit diesen Worten hatte sich der Engel, der in ihnen begonnen hatte, sich zu bilden, auch verflüchtigt. Nicht mehr lange blieb ich im leeren Zimmer. Man rief mich in das gegenüberliegende, in dem der Baum nun in die Glorie eingegangen war, welche ihn mir entfremdete, bis er, des Untersatzes beraubt, im Schnee verschüttet oder im Regen glänzend, das Fest da endete, wo es ein Leierkasten begonnen hatte.

Walter Benjamin

Neue Erfindung

Hab' eine neue Erfindung gemacht, Andres, und soll Dir hier so warm mitgeteilt werden.

Du weißt, dass in jeder gut eingerichteten Haushaltung kein Festtag ungefeiert gelassen wird, und dass ein Hausvater zulangt, wenn er auf eine gute Art und mit einigem Schein des Rechtes einen neuen an sich bringen kann. So haben wir beide, außer den respektiven Geburts- und Namenstagen, schon verschiedene andre Festtage an unsern Höfen eingeführt, als das Knospenfest, den Widderschein, den Maimorgen, den Grünzüngel, wenn die ersten jungen Erbsen und Bohnen gepflückt und zu Tisch gebracht werden sollen, und so weiter.

Nun ist wohl wahr, dass der Sommer und sonderlich das Frühjahr viel schön sind. Gleich wenn der Winterschnee auftaut und man den bloßen Leib der Erde zum ersten Mal wiedersieht, fängt diese Viel-Schönheit an und geht denn immer mit größeren Schritten fort, bis Blumen und Blätter aufgeblühet sind, und der Mensch vor dem vollen Frühling steht wie Gleims Kind vor einem schönen Blumenkorb. Und gewiss lehret uns der Frühling Gott und seine Güte sonderlich; denn, wie Freund Fritz sagt, was so zu Herzen geht, muss aus irgendeinem Herzen kommen. Und also sind die Frühlings- und Sommerfesttage gar sehr am rechten Ort, ich habe nichts dawider. Es ist mir aber doch immer schon vorgekommen, dass im Herbst und Winter auch

was zu machen wäre, nur habe ich die Sache noch nie recht ins Klare bringen können.
Gestern aber, wie das mit den Erfindungen ist: man findet sie nicht, sondern sie finden uns, gestern, als ich im Garten gehe und an nichts weniger denke, schießen mir mit einmal zwei neue Festtage aufs Herz, der Herbstling und der Eiszäpfel, beide gar erfreulich und nützlich zu feiern.
Der Herbstling ist nur kurz und wird mit Bratäpfeln gefeiert. Nämlich: wenn im Herbst der erste Schnee fällt, und darauf muss genau achtgegeben werden, nimmt man so viel Äpfel, als Kinder und Personen im Hause sind und noch einige darüber, damit, wenn etwa ein Dritter dazukäme, keiner an seiner *quota* gekürzt werde, tut sie in den Ofen, wartet, bis sie gebraten sind, und isst sie denn.
So simpel das Ding anzusehen ist, so gut nimmt sich's aus, wenn's recht gemacht wird. Dass dabei allerhand vernünftige Diskurse geführt, auch oft in den Ofen hineingeguckt werden muss etc., versteht sich von selbst. Und so viel vom Herbstling.
Der Eiszäpfel will nun wieder ganz anders traktiert sein und hat seine ganz besondre Eigenart. Mancher denkt wohl: wenn er Eiszapfen am Dach sieht, könne er nur gleich anfangen zu feiern; aber weit gefehlt, es wird mehr dazu erfordert. Der Eiszäpfel kann durchaus ohne einen Schneemann nicht gefeiert werden, und dazu muss erst Schnee sein und Tauwetter kommen, dass der Schneemann gemacht werden kann, und wenn er gemacht ist und vor dem Fenster steht, muss es wieder frieren, dass Eiszapfen am Dach werden, einer halben Elle lang, nicht länger und nicht kürzer

usw. Das sind die Präliminar-Artikel und die *conditio sine qua non*.
Was sagst Du nun? Gelte, das ist 'n intrikates Fest! Es geht auch mancher Winter darüber hin, ohne dass eins zustande kommen kann. Wenn nun aber obige Umstände alle eingetreten sind und sonst kein merkliches Hindernis im Wege ist, so kannst du denn zwischen drei und vier Uhr nachmittags das Fest angehen lassen, das *NB* von Anfang bis zu Ende mit trockenem Munde gefeiert wird. Nach vier, wenn's dunkel worden ist, wird eine Laterne in den hohlen Kopf des Schneemannes getan, dass das Licht durch die Augen und den Mund herausscheint – und denn geht Groß und Klein auf und ab im Zimmer und sieht aus dem Fenster unter den Eiszapfen hin nach dem Schneemann und denkt dabei an einen andern Schneemann, ein jeder, nach dem ihm der Schnabel gewachsen ist, und das ist der höchste Moment der Feier.
Lebe wohl, lieber Andres, und feire fleißig alle Festtage und Heilige Abende, bis der rechte Heilige Abend anbricht.

Den 3. Oktober, 1782.
Dein etc.

Matthias Claudius

Der Dezember

Das Jahr ward alt. Hat dünne Haar.
Ist gar nicht sehr gesund.
Kennt seinen letzten Tag, das Jahr.
Kennt gar die letzte Stund.

Ist viel geschehn. Ward viel versäumt.
Ruht beides unterm Schnee.
Weiß liegt die Welt, wie hingeträumt.
Und Wehmut tut halt weh.

Noch wächst der Mond. Noch schmilzt er hin.
Nichts bleibt. Und nichts vergeht.
Ist alles Wahn. Hat alles Sinn.
Nützt nichts, dass man's versteht.

Und wieder stapft der Nikolaus
durch jeden Kindertraum.
Und wieder blüht in jedem Haus
der goldengrüne Baum.

Warst auch ein Kind. Hast selbst gefühlt,
wie hold Christbäume blühn.
Hast nun den Weihnachtsmann gespielt
und glaubst nicht mehr an ihn.

Bald trifft das Jahr der zwölfte Schlag.
Dann dröhnt das Erz und spricht:
„Das Jahr kennt seinen letzten Tag,
und du kennst deinen nicht.“

Erich Kästner

Winternacht

Nicht ein Flügelschlag ging durch
die Welt,
still und blendend lag der weiße Schnee.
Nicht ein Wölklein hing am Sternenzelt,
keine Welle schlug im starren See.

Aus der Tiefe stieg der Seebaum auf,
bis sein Wipfel in dem Eis gefror;
an den Ästen klomm die Nix herauf,
schaute durch das grüne Eis empor.

Auf dem dünnen Glase stand ich da,
das die schwarze Tiefe von mir schied;
dicht ich unter meinen Füßen sah
ihre weiße Schönheit Glied um Glied.

Mit ersticktem Jammer tastet' sie
an der harten Decke her und hin –
ich vergess das dunkle Antlitz nie,
immer, immer liegt es mir im Sinn!

Gottfried Keller

Wintergedanken

Wie hat es diese Nacht gereift!
Mein Gott, wie grimmig stark muss es gefroren haben!
Wie schwirrt und schreit, wie knirrt und pfeift
der Schnee bei jedem Tritt! Mit den jetzt trägen Naben
knarrt, stockt und schleppt der Räder starres Rund,
ja weigert gleichsam sich, den kalten Grund
wie sonst im Drehen zu berühren.
Fast alles drohet zu erfrieren,
fast alles droht für Kälte zu vergehn.

Wie blendend weiß ist alles, was ich schau,
sowohl in Tiefen als in Höhn;
wie schwarz, wie dick, wie dunkelgrau
hingegen ist der ganze Kreis der Luft,
zumal da das noch niedre Sonnenlicht
annoch nicht durch die Nacht des dicken Nebels bricht.

Es scheint, als könne man in einem greisen Duft
die Kälte selbst an jetzt recht sichtbar sehn;
sie fänget überall ergrimmt an zu regieren.
Drei Elemente selber müssen
ihr schwer tyrannisch Joch verspüren
und deren Bürger all das strenge Zepter küssen,
das allem, was da lebt, Verlähmung, Pein und Tod,
ja selber der Natur den Untergang fast droht. –

Lass aber, lieber Mensch, auch du, so viel an dir,
dein Herz zum Mitleid doch bewegen,
damit dein Liebesfeuer dein armer Nachbar spür;
komm, lindre seine Not mit deinem Segen.
Such ihm in scharfem Frost ein Labsal zu bereiten,
damit, wie Hiob spricht, auch seine Seiten,
wenn sie, durch deine Hilf erwärmt, dich preisen
und so durch dich dem Schöpfer Dank erweisen.

Barthold Heinrich Brockes

Pieter Bruegel d. Ä.: Flandrische Winterlandschaft

Wanjka

Der neunjährige Wanjka Schukow, der seit drei Monaten beim Schuster Aljachin in der Lehre war, ging in der Weihnachtsnacht nicht schlafen, sondern wartete, bis der Meister und die Gesellen zur Messe gegangen waren, holte dann Tinte und Feder aus dem Schrank des Meisters und breitete ein zerknittertes Stück Papier vor sich aus, um zu schreiben. Ehe er den ersten Buchstaben hinmalte, blickte er ein paarmal scheu auf Tür und Fenster, schielte auch zum dunklen Heiligenbild, das zwischen den Gestellen mit den Leisten hing, und seufzte mehrmals. Das Papier lag auf der Bank, er selbst kniete davor auf dem Boden.

„Liebes Großväterchen Konstantin Makarytsch!", schrieb er. „Ich schreibe Dir einen Brief. Ich wünsche Dir ein schönes Weihnachtsfest und alles Gute vom lieben Gott. Ich habe ja keinen Vater und kein Mütterchen mehr, nur Du bist mir geblieben."

Wanjkas Augen hingen an dem dunklen Fenster, wo das Spiegelbild seiner Kerze flackerte, und er stellte sich seinen Großvater Konstantin Makarytsch, der beim Gutsbesitzer Schiwarjow als Nachtwächter diente, leibhaftig vor. Er war ein kleiner, magerer, aber ungewöhnlich flinker und beweglicher Mann von ungefähr 65 Jahren mit lachendem Gesicht und trunkenen Augen. Tags schläft er in der Gesindeküche oder schäkert mit den Köchinnen, nachts aber schreitet er, in einen weiten Schafspelz gehüllt, die Besitzung ringsum ab und klopft auf sein

Holzbrett. Hinter ihm trotten mit gesenktem Kopf die alte Kaschtanka und der kleine Wjun (Teufelchen), so genannt, weil er ganz schwarz und so lang und schmal wie ein Wiesel ist. Dieser Wjun tut immer ungemein unterwürfig und zärtlich, er schaut sowohl die eigenen Leute als auch fremde gleich freundlich an, trotzdem ist er nicht beliebt. Hinter seiner Zutraulichkeit und Demut verbirgt sich nämlich die tückischste Hinterlist. Niemand versteht es besser als er, sich rechtzeitig anzuschleichen und nach einer Wade zu schnappen, in den Eiskeller einzudringen oder den Bauern ein Huhn zu stehlen. Man hat ihm schon oft mit nachgeworfenen Knüppeln die Hinterbeine fast gebrochen, zweimal hat man ihn gehängt, jede Woche wird er beinahe totgeprügelt, doch immer kommt er mit dem Leben davon.

Gewiss steht der Großvater jetzt beim Hoftor, blinzelt zu den erleuchteten Fenstern der Dorfkirche hinüber, tritt in seinen Filzstiefeln von einem Bein aufs andere und scherzt mit dem Gesinde. Sein Klopfbrett hängt am Gürtel. Er reibt sich die Hände, schüttelt sich vor Kälte und zwickt mit greisenhaftem Gekicher bald eine Zofe, bald die Köchin.

„Eine kleine Prise?“, sagt er und bietet den Frauen seine Schnupftabakdose an. Und die Frauen schnupfen und niesen. Das freut den Großvater über alle Maßen, er bricht in belustigtes Lachen aus und ruft: „Feste! Ist es eingefroren?“

Auch die Hunde müssen schnupfen. Kaschtanka niest, rümpft die Nase und verzieht sich beleidigt. Wjun hingegen niest aus Ehrfurcht nicht, sondern wedelt mit dem Schwanz. Das Wetter ist herrlich, die Luft still, klar und erfrischend. Die Nacht ist dunkel, doch man sieht das ganze Dorf mit seinen weißen Dächern und den Rauchwölkchen, die aus den Schornsteinen aufsteigen, die silberbereiften Bäume und die Schneewehen. Der Himmel ist übersät mit fröhlich blinkenden Sternen, und die Milchstraße zeichnet sich so deutlich ab, als wäre sie vor den Feiertagen mit Schnee gewaschen und blankgerieben worden …

Wanjka seufzte, tauchte die Feder ein und schrieb weiter. „Gestern bekam ich Prügel. Der Meister zog mich an den Haaren auf den Hof und verbleute mich mit dem Knieriemen, weil ich eingeschlafen war, als ich denen ihr Kindchen in der Wiege schaukeln sollte. Und vorige Woche trug mir die Meisterin auf, einen Hering zu putzen, aber ich fing beim Schwanz an, und da nahm sie den Hering und stieß mir den Kopf an die Nase. Und was die Gesellen sind, die verspotten mich, ich muss für sie in der Schenke Schnaps holen und bei den Meistersleuten Gurken stehlen, aber der Meister prügelt mich dann und mit allem, was ihm gerade in die Hände fällt. Und das Essen ist ganz schlecht. Morgens gibt es Brot, mittags Grütze und abends wieder Brot, was aber Tee und Kohlsuppe ist, das fressen sie selbst. Und schlafen muss ich im Flur, wenn aber denen ihr Kindchen schreit, schlafe ich überhaupt nicht, dann muss ich die Wiege schaukeln. Liebes Großväterchen, tu mir um Himmels willen die Liebe und nimm mich von hier fort, ins Dorf nach Hause, ich kann es hier nicht aushalten … Ich bitte Dich auf den Knien, ich werde ewig für Dich beten, nimm mich von hier fort, sonst muss ich sterben …“
Wanjka verzog den Mund, rieb sich mit der schmutzigen Faust die Augen und schluchzte auf. „Ich will Dir

den Tabak kleinhacken", fuhr er fort, „und zum lieben Gott für Dich beten, und wenn ich etwas nicht recht mache, dann prügle mich nur tüchtig. Glaub nicht, dass ich nichts zu arbeiten hätte. Ich werde den Verwalter bitten, ihm die Stiefel putzen zu dürfen, oder ich kann an Fedjkas Stelle die Schafe hüten. Liebes Großväterchen, ich halte es nicht aus, es ist wirklich zum Sterben. Ich wäre gern zu Fuß ins Dorf zurückgelaufen, aber ich habe keine Stiefel, und ich fürchte mich vor dem Frost. Und wenn ich groß bin, werde ich Dir dafür zu essen geben und nicht zulassen, dass Dir einer etwas zuleide tut, und wenn Du stirbst, werde ich für Dich beten wie für Mütterchen Pelageja. Und Moskau ist eine große Stadt. Lauter hohe Herrschaftshäuser und viele Pferde gibt es hier, aber keine Schafe, und die Hunde beißen nicht. Hier ziehen die Kinder nicht mit dem Stern herum, und man wird auch nicht auf den Kirchenchor zum Singen gelassen. Aber einmal sah ich im Schaufenster, dass die Angelhaken fixfertig mit der Leine gehandelt werden, für alle Fische, sehr schön, und ein Haken war dabei, mit dem könnte man einen Wels von einem halben Zentner festhalten. Und in einem Laden sah ich alle möglichen Gewehre, wie der gnädige Herr sie hat, sodass jedes hundert Rubel kosten mag. Und in den Fleischerläden hängen Auerhähne und Rebhühner und Hasen, aber wo sie geschossen werden, das sagen die Leute im Laden nicht.

Liebes Großväterchen, wenn bei der Herrschaft Weihnachtsbescherung ist, nimm für mich eine vergoldete Nuss vom Christbaum mit und leg sie in Dein grünes Kästchen. Bitte Fräulein Olga Ignatjewna darum, sag ihr, es ist für Wanjka."

Wanjka seufzte krampfhaft und blickte wieder aufs Fenster. Er dachte daran, wie der Großvater jedes Jahr die Tanne für die Herrschaft im Wald holte – stets hatte er mitgehen dürfen. Das war immer ein schöner Tag! Der Großvater ächzte, und der Frost ächzte, und wenn Wanjka das hörte, musste er auch ächzen. Ehe der Großvater die Tanne fällt, bleibt er lange Zeit stehen, raucht sein Pfeifchen, schnupft bedächtig und neckt den frierenden Wanjuschka … Die reifbedeckten Tannen warten regungslos, welche von ihnen ihr Leben lassen muss. Plötzlich rennt irgendwoher ein Hase pfeilschnell über die Schneewehen. Da kann der Großvater nicht an sich halten und ruft:

„Fang ihn, fang ihn! Ach, der kurzschwänzige Halunke!"

Die gefällte Tanne trug der Großvater ins Herrenhaus, und dort wurde sie geschmückt … Am meisten kümmerte sich Fräulein Olga Ignatjewna darum, Wanjkas Gönnerin. Als Pelageja, Wanjkas Mutter, noch lebte und bei der Herrschaft Stubenmädchen war, konnte Olga Ignatjewna dem kleinen Wanjka oft Süßigkeiten geben, und aus lauter Langeweile lehrte sie ihn schreiben, lesen, bis hundert zählen und sogar Quadrille tanzen. Aber nach Pelagejas Tod wurde das Waisenkind Wanjka zum Großvater in die Gesindestube gesteckt und kam dann aus der Küche nach Moskau zum Schuster Aljachin …

„Komm zu mir, liebes Großväterchen", schrieb Wanjka weiter. „Ich flehe Dich an, nimm mich um Christi willen von hier fort. Hab Mitleid mit dem armen Waisenkind, denn hier prügeln mich alle, und ich leide auch Hunger, und alles ist so traurig, dass ich immerzu weinen muss. Und neulich schlug mich der Meister mit dem Leisten auf den Kopf, dass ich hinfiel und kaum wieder aufstehen konnte. Mein Leben ist unglücklich, schlimmer als das irgendeines Hundes. Und dann lasse ich Aljona grüßen und den einäugigen Jegorka und den Kutscher, und was meine Mundharmonika ist, die darfst Du keinem geben. Ich verbleibe Dein Enkel Iwan Schukow, liebes Großväterchen, komm mich holen."

Wanjka faltete das beschriebene Papier viermal zusammen und steckte es in den Umschlag, den er gestern für eine Kopeke gekauft hatte … Nach längerem Nachdenken tauchte er die Feder ein und schrieb die Adresse: „Ans Großväterchen im Dorf".

Er kratzte sich den Kopf, überlegte und setzte hinzu: „Konstantin Makarytsch". Zufrieden, dass niemand ihn am Schreiben gehindert hatte, stülpte er die Mütze auf und lief, ohne erst sein Pelzmäntelchen anzuziehen, in Hemdsärmeln auf die Straße. Er hatte die Leute im Fleischerladen tags zuvor gefragt und erfahren, Briefe müssten in Postkästen geworfen werden, von dort würden sie von betrunkenen Kutschern im Dreispänner mit hellklingelnden Glöckchen über die ganze Erde befördert. Wanjka lief zum nächsten Postkasten und steckte den kostbaren Brief in den Schlitz …

Von süßen Hoffnungen eingelullt, schlief er eine Stunde später frohgemut ein. Er träumt von einem großen Ofen. Auf dem Ofen sitzt der Großvater, mit den bloßen Füßen baumelnd, und liest den Köchinnen den Brief vor … Wjun schleicht um den Ofen herum und wedelt mit dem Schwanz …

Anton Tschechow

Weihnacht

Die Welt wird kalt, die Welt wird stumm,
der Wintertod geht schweigend um;
er zieht das Leilach weiß und dicht
der Erde übers Angesicht –
schlafe – schlafe.

Du breitgewölbte Erdenbrust,
du Stätte aller Lenzenslust,
hast Duft genug im Lenz gesprüht,
im Sommer heiß genug geglüht,
nun komme ich, nun bist du mein,
gefesselt nun im engen Schrein –
schlafe – schlafe.

Die Winternacht hängt schwarz und schwer,
ihr Mantel fegt die Erde leer,
die Erde wird ein schweigend Grab,
ein Ton geht zitternd auf und ab!
Sterben – sterben.

Da horch – im totenstillen Wald
was für ein süßer Ton erschallt?
Da sieh – in tiefer, dunkler Nacht
was für ein süßes Licht erwacht?

Als wie von Kinderlippen klingt's,
von Ast zu Ast wie Flammen springt's,
vom Himmel kommt's wie Engelsang,
ein Flöten und Schalmeienklang:
Weihnacht! Weihnacht!

Und siehe - welch ein Wundertraum:
Es wird lebendig Baum an Baum,
der Wald steht auf, der ganze Hain
zieht wandelnd in die Stadt hinein;
mit grünen Zweigen pocht es an:
„Tut auf, die sel'ge Zeit begann,
Weihnacht! Weihnacht!"

Da gehen Tür und Tore auf,
da kommt der Kinder Jubelhauf,
aus Türen und aus Fenstern bricht
der Kerzen warmes Lebenslicht.
Bezwungen ist die tote Nacht,
zum Leben ist die Lieb erwacht,
der alte Gott blickt lächelnd drein,
des lasst uns froh und fröhlich sein!
Weihnacht! Weihnacht!

Ernst von Wildenbruch

Die Krippe

Das Krippchen wuchs langsam. Ein breites Fenstergesims war mir überlassen; aber eine Woche verging, und immer lagen dort erst ein paar Hölzer und Stäbe, etwas Moos und jenes flimmernde Granitstück, das ich im Glauben an seinen unermesslichen Wert beim Umzug aus Königsdorf mitgenommen hatte.
Nach langem Brüten fiel mir ein, dass vor allem Himmel und Gebirg entstehen müssten. In einem Schrein befanden sich große Bogen Papier von einem durchscheinenden lichten und fernen Blau, damit schlug ich den oberen Teil des Fensters aus und schuf eine heilige Düsternis, welche tief unten durch blaugraues Pappegebirg zu hintergründiger Nacht verdichtet wurde. Körperhafter waren die Vorberge; verhärtete Baumschwämme, auf denen schon Häuschen und Bäumchen angebracht werden konnten. Mitten unter den Schwämmen stand der Granit; in diesem sah ich Schwerpunkt und magnetisches Geheimnis der Landschaft, was ich aber niemand verriet. Schmaler Wald aus kleinen Föhrenzweigen bedeutete den Übergang vom Höhenlande zur Ebene. Um einen würdigen Boden zu bereiten, löste ich vom feuchten Holze, das die Magd zum Ofen schleppte, die Rinden ab, machte sie flach und legte sie nebeneinander; manche waren mit lockigen oder geweihig verzweigten Moosen geschmückt, manche mit feinem Pilz wie mit Grünspan angelaufen.

Roh gefügt standen auch Stall und Krippchen bald im Vordergrunde; nun aber stockte die Ausführung; es fehlte viel, was nicht so leicht zu beschaffen war. Und nun begann ich mit behaglicher Wut elsternhaft alles heimzusammeln, was ungefähr nach meinen Zwecken aussah: Scherben, Kiesel und bunte Stoffe; ja ein Bauernbub, der in der Schule vor mir saß, musste sich's gefallen lassen, dass ich seiner dicken, schwarz und rot gestreiften Winterjoppe entzupfte, was an farbiger Wolle nur herauszubringen war. Da er sich verwundert umdrehte, flüsterte ich ihm zu, dass das Tröglein des Christkinds damit ausgepolstert werden solle …

Hans Carossa

Unter dem Tannenbaum

Der Weihnachtsabend begann zu dämmern. – Der Amtsrichter war mit seinem Sohn auf der Rückkehr von einem Spaziergang; Frau Ellen hatte sie auf ein Stündchen fortgeschickt. Vor ihnen im Grunde lag die kleine Stadt; sie sahen deutlich, wie aus allen Schornsteinen der Rauch emporstieg; denn dahinter am Horizont stand feuerfarben das Abendrot. – Sie sprachen von den Großeltern drüben in der alten Heimat; dann von den letzten Weihnachten, die sie dort erlebt hatten.

„Und am Vorabend", sagte der Vater, „als Knecht Ruprecht zu uns kam mit dem großen Bart und dem Quersack und der Rute in der Hand!"

„Ich wusste wohl, dass es Onkel Johannes war", erwiderte der Knabe, „der hatte immer so etwas vor!"

„Weißt du denn auch noch die Worte, die er sprach?"

Harro sah den Vater an und schüttelte den Kopf.

„Wart nur", sagte der Amtsrichter, „die Verse liegen zu Haus in meinem Pult; vielleicht bekomm' ich's noch beisammen!" Und nach einer Weile fuhr er fort: „Entsinne dich nur, wie erst die drei Rutenhiebe von draußen auf die Tür fielen und wie dann die rauhe borstige Gestalt mit der großen Hakennase in die Stube trat! Dann begann er langsam und mit tiefer Stimme:

Von drauß vom Walde komm' ich her,
ich muss euch sagen, es weihnachtet sehr!

Allüberall auf den Tannenspitzen
sah ich goldene Lichtlein sitzen.
Und droben aus dem Himmelstor
sah mit großen Augen das Christkind hervor.
Und wie ich so strolcht' durch den dichten Tann,
da rief's mich mit heller Stimme an;
‚Knecht Ruprecht', rief es, ‚alter Gesell,
hebe die Beine und spute dich schnell!
Die Kerzen fangen zu brennen an,
das Himmelstor ist aufgetan,
Alt' und Junge sollen nun
von der Jagd des Lebens einmal ruhn;
und morgen flieg' ich hinab zur Erden,
denn es soll wieder Weihnachten werden!'
Ich sprach: ‚O lieber Herre Christ,
meine Reise fast zu Ende ist;
ich soll nur noch in diese Stadt,
wo's eitel brave Kinder hat.'
‚Hast denn das Säcklein auch bei dir?'
Ich sprach: ‚Das Säcklein, das ist hier;
denn Apfel, Nuss und Mandelkern
essen fromme Kinder gern!'
‚Hast denn die Rute auch bei dir?'
Ich sprach: ‚Die Rute, die ist hier!
Doch für die Kinder nur, die schlechten,
die trifft sie auf den Teil, den rechten!'
Christkindlein sprach: ‚So ist es recht,
so geh mit Gott, mein treuer Knecht!'
Von drauß vom Walde komm' ich her;
ich muss euch sagen, es weihnachtet sehr!
Nun sprecht, wie ich's hierinnen find'?
Sind's gute Kind, sind's böse Kind?

Aber", fuhr der Amtsrichter mit veränderter Stimme fort, „ich sagte dem Knecht Ruprecht:

Der Junge ist von Herzen gut,
hat nur mitunter was trotzigen Mut!"

„Ich weiß, ich weiß!", rief Harro triumphierend; und den Finger emporhebend und mit listigem Ausdruck setzte er hinzu: „Dann kam so etwas!"
„Was dich in großes Geschrei brachte; denn Knecht Ruprecht schwang seine Rute und sprach:

‚Heißt es bei euch denn nicht mitunter:
Nieder den Kopf und die Hosen herunter?'"

„Oh", sagte Harro, „ich fürchtete mich nicht; ich war nur zornig auf den Onkel!"
Über der Stadt, die sie jetzt fast erreicht hatten, stand nur noch ein fahler Schein am Himmel. Es dunkelte schon; aber es begann zu schneien; leise und emsig fielen die Flocken, und der Weg schimmerte schon weiß zu ihren Füßen.
Vater und Sohn waren eine Weile schweigend nebeneinander hergegangen. – „Am Abend darauf", hob der Amtsrichter wieder an, „brannte der letzte Weihnachtsbaum, den du gehabt hast. Es war damals eine bewegte Zeit; sogar das Zuckerwerk zwischen den Tannenzweigen war kriegerisch geworden: unsere ganze Armee, Soldaten zu Pferde und zu Fuß! – Von alledem ist nun nichts mehr übrig!", setzte er leiser und wie mit sich selber redend hinzu.

Der Knabe schien etwas darauf erwidern zu wollen, aber ein anderes hatte plötzlich seine Gedanken in Anspruch genommen. – Es war ein großer bärtiger Mann, der vor ihnen aus einem Seitenweg auf die Landstraße herauskam. Auf der Schulter balancierte er ein langes stangenartiges Gepäck, während er mit einem Tannenzweig, den er in der Hand hielt, bei jedem Schritt in die Luft peitschte. Wie er vorüberging, hatte Harro in der Dämmerung noch die große rote Hakennase erkannt, die unter der Pelzmütze hinausragte. Auch einen Quersack trug der Mann, der anscheinend mit allerhand eckigen Dingen angefüllt war. Er ging rasch vor ihnen her.

„Knecht Ruprecht!", flüsterte der Knabe, „hebe die Beine und spute dich schnell!"

Das Gewimmel der Schneeflocken wurde dichter, sie sahen ihn noch in die Stadt hinabgehen; dann entschwand er ihren Augen; denn ihre Wohnung lag eine Strecke weiter außerhalb des Tores.

„Freilich", sagte der Amtsrichter, indem sie rüstig zuschritten, „der Alte kommt zu spät; dort unten in der Gasse leuchten schon alle Fenster in den Schnee hinaus."

Endlich war das Haus erreicht. Nachdem sie auf dem Flur die beschneiten Überkleider abgelegt hatten, traten sie in das Arbeitszimmer des Amtsrichters. Hier war heute der Tee serviert; die große Kugellampe brannte, alles war hell und aufgeräumt. Auf der sauberen Damastserviette stand das feinlackierte Teebrett mit den Geburtstagstassen und dem rubinroten Zuckerglas; daneben auf dem Fußboden in dem Komfort von Mahagonistäbchen mit blankem Messingeinsatz kochte der Kessel, wie es sein muss, auf gehörig durchgeglühten Torfkohlen; wie daheim einst in der großen Stube des alten Familienhauses, so dufteten auch hier in dem kleinen Stübchen die braunen Weihnachtskuchen nach dem Rezept der Urgroßmutter. – Aber während die Mutter nebenan im Wohnzimmer noch das Fest bereitete, blieben Vater und Sohn allein; kein Onkel Erich kam, ihnen feiern zu helfen. Es war doch anders als daheim.

Ein paarmal hatte Harro mit bescheidenem Finger an die Tür gepocht, und ein leises „Geduld!" der Mutter war die Antwort gewesen. Endlich trat Frau Ellen selbst herein. Lächelnd – aber ein leiser Zug von Weh war noch dabei – streckte sie ihre Hände aus und zog ihren Mann und ihren Knaben, jeden bei einer Hand, in die helle Weihnachtsstube.

Es sah freundlich genug aus. Auf dem Tisch in der Mitte, zwischen zwei Reihen brennender Wachskerzen, stand das kleine Kunstwerk, das Mutter und Sohn in den Tagen vorher sich selbst geschaffen hatten, ein Garten im Geschmack des vorigen Jahrhunderts mit glattgeschorenen Hecken und dunkeln Lauben; alles von Moos und verschiedenem Wintergrün zierlich zusammengestellt. Auf dem Teich von Spiegelglas schwammen zwei weiße Schwäne; daneben vor dem chinesischen Pavillon standen kleine Herren und Damen von Papiermaché in Puder und Kontuschen.

Zu beiden Seiten lagen die Geschenke für den Knaben; eine scharfe Lupe für die Käfersammlung, ein paar bunte Münchner Bilderbogen, die nicht fehlen durften, von Schwind und Otto Speckter; ein Buch in rotem Halb-

franzband; dazwischen ein kleiner Globus in schwarzer Kapsel, augenscheinlich schon ein altes Stück.
„Es war Onkel Erichs letzte Weihnachtsgabe an mich“, sagte der Amtsrichter; „nimm du es nun von mir! Es ist mir in diesen Tagen aufs Herz gefallen, dass ich ihm die Freude, die er mir als Kind gemacht, in späterer Zeit nicht einmal wieder gedankt; nun haben sie mir den alten Herrn im letzten Herbst begraben!“
Frau Ellen legte den Arm um ihren Mann und führte ihn an den Spiegeltisch, auf dem heute die beiden silbernen Armleuchter brannten. Auch ihm hatte sie beschert; das erste aber, wonach seine Hand langte, war ein kleines Lichtbild. Seine Augen ruhten lange darauf, während Frau Ellen still zu ihm emporsah. Es war sein elterlicher Garten; dort unter dem Ahorn vor dem Lusthaus standen die beiden Alten selbst, das noch dunkle volle Haar seines Vaters war deutlich zu erkennen.
Der Amtsrichter hatte sich umgewandt; es war, als suchten seine Augen etwas. Die Lichter an dem Moosgärtchen brannten knisternd fort; in ihrem Schein stand der Knabe vor dem aufgeschlagenen Weihnachtsbuch. Aber droben unter der Decke des hohen Zimmers war es dunkel; der Tannenbaum fehlte, der das Licht des Festes auch dort hinaufgetragen hätte.
Da klingelte draußen im Flur die Glocke, und die Haustür wurde polternd aufgerissen.
„Wer ist denn das?“, sagte Frau Ellen; und Harro lief zur Tür und sah hinaus.
Draußen hörten sie eine rauhe Stimme fragen: „Bin ich denn hier recht beim Herrn Amtsrichter?“ Und in demselben Augenblick wandte auch der Knabe den Kopf

zurück und rief: „Knecht Ruprecht, Knecht Ruprecht!“ Dann zog er Vater und Mutter mit sich aus der Tür. Es war der große bärtige Mann, der den beiden Spaziergängern vorhin oberhalb der Stadt begegnet war; bei dem Schein des Flurlämpchens sahen sie deutlich die rote Hakennase unter der beschneiten Pelzmütze leuchten. Sein langes Gepäck hatte er gegen die Wand gelehnt.

„Ich habe das hier abzugeben!“, sagte er, indem er auch den schweren Quersack von der Schulter nahm.

„Von wem denn?“, fragte der Amtsrichter.

„Ist mir nichts von aufgetragen worden.“

„Wollt Ihr denn nicht nähertreten?“

Der Alte schüttelte den Kopf. „Ist alles schon besorgt! Habt gute Weihnacht beieinander!“ Und indem er noch einmal mit der großen Nase nickte, war er schon zur Tür hinaus.

„Das ist eine Bescherung!“, sagte Frau Ellen fast ein wenig schüchtern.

Harro hatte die Haustür aufgerissen. Da sah er die große dunkle Gestalt schon weithin auf dem beschneiten Weg hinausschreiten.

Nun wurde die Magd herbeigerufen, deren Bescherung durch dieses Zwischenspiel bis jetzt verzögert war; und als mit ihrer Hilfe die verhüllten Dinge in das helle Weihnachtszimmer gebracht waren, kniete Frau Ellen auf dem Fußboden und begann, mit ihrem Trennmesser die Nähte des großen Packens aufzulösen. Und bald fühlte sie, wie es von innen heraus sich dehnte und die immer schwächer werdenden Bande zu sprengen strebte; und als der Amtsrichter, der bisher schweigend dabeigestanden, jetzt die letzten Hüllen abgestreift hatte und es aufrecht vor sich hingestellt hielt, da war's ein ganz mächtiger Tannenbaum, der nun nach allen Seiten seine entfesselten Zweige ausbreitete. Lange schmale Bänder von Knittergold rieselten und blitzten überall von den Spitzen durch das dunkle Grün herab; auch die Tannäpfel waren golden, die unter allen Zweigen hingen.

Harro war indes nicht müßig gewesen, er hatte den Quersack aufgebunden; mit leuchtenden Augen brachte er einen flachen, grünlackierten Kasten geschleppt. „Horch, es rappelt!", sagte er; „es ist ein Schubfach darin!" Und als sie es aufgezogen, fanden sie wohl ein Schock der feinsten weißen Wachskerzchen.

„Das kommt von einem echten Weihnachtsmann", sagte der Amtsrichter, indem er einen Zweig des Baumes herunterzog, „da sitzen schon überall die kleinen Blechlampetten!"

Aber es war nicht nur ein Schubfach in dem Kasten; es war auch obenauf ein Klötzchen mit einem Schraubengang. Der Amtsrichter wusste Bescheid in diesen Dingen; nach einigen Minuten war der Baum eingeschraubt und stand fest und aufrecht, seine grüne Spitze fast bis zur Decke streckend. – Die alte Magd hatte ihre Schüssel mit Äpfeln und Pfeffernüssen stehenlassen; während die andern drei beschäftigt waren, die Wachskerzen aufzustecken, stand sie neben ihnen, ein lebendiger Kandelaber, in jeder Hand einen brennenden Armleuchter emporhaltend. – Sie war aus der Heimat mit herübergekommen und hatte sich von allen am schwersten in den Brauch der Fremde gefunden. Auch jetzt betrachtete sie den stolzen Baum mit misstrauischen Augen.

„Die goldenen Eier sind denn doch vergessen!", sagte sie.
Der Amtsrichter sah sie lächelnd an: „Aber, Margreth, die goldenen Tannäpfel sind doch schöner!"
„So, meint der Herr? Zu Hause haben wir immer die goldenen Eier gehabt."
Darüber war nicht zu streiten; es war auch keine Zeit dazu. Harro hatte sich indessen schon wieder über den Quersack hergemacht.
„Noch nicht anzünden!", rief er, „das Schwerste ist noch darin!" Es war ein fest vernageltes hölzernes Kistchen. Aber der Amtsrichter holte Hammer und Meißel aus seinem Gerätkästchen; nach ein paar Schlägen sprang der Deckel auf, und eine Fülle weißer Papierspäne quoll ihnen entgegen.
„Zuckerzeug!", rief Frau Ellen und streckte schützend ihre Hände darüber aus. „Ich wittere Marzipan! Setzt euch; ich werde auspacken!"
Und mit vorsichtiger Hand langte sie ein Stück nach dem andern heraus und legte es auf den Tisch, das nun von Vater und Sohn aus dem umhüllenden Seidenpapier herausgewickelt wurde.
„Himbeeren!", rief Harro, „Und Erdbeeren, ein ganzer Strauß!"
„Aber siehst du es wohl?", sagte der Amtsrichter, „es sind Waldbeeren; so welche wachsen in den Gärten nicht."
Dann kam, wie lebend, allerlei Geziefer; Hornissen und Hummeln und was sonst im Sonnenschein an stillen Waldplätzen umherzusummen pflegt, zierlich aus Dragant gebildet, mit goldbestäubten Flügeln; nun eine Honigwabe – die Zellen mochten mit Likör

gefüllt sein –, wie sie die wilde Biene in den Stamm der hohlen Eiche baut; und jetzt ein großer Hirschkäfer, von Schokolade, mit gesperrten Zangen und ausgebreiteten Flügeldecken.
„Cervus lucanus!", rief Harro und klatschte in die Hände.
An jedem Stück war, je nach der Größe, ein lichtgrünes Seidenbändchen. Sie konnten der Lockung nicht widerstehen; sie begannen schon jetzt, den Baum damit zu schmücken, während Frau Ellens Hände noch immer neue Schätze ans Licht förderten.
Bald schwebte zwischen den Immen auch eine Schar von Schmetterlingen an den Tannenspitzen; da war der Himbeerfalter, die silberblaue Daphnis und der olivenfarbige Waldargus, und wie sie alle heißen mochten, die Harro hier vergebens aufzujagen gesucht hatte. – Und immer schwerer wurden die Päckchen, die eins nach dem andern von den eifrigen Händen geöffnet wurden. Denn jetzt kam das Geschlecht des größeren Geflügels; da kamen der Dompfaff und der Buntspecht, ein paar Kreuzschnäbel, die im Tannenwald daheim sind; und jetzt – Frau Ellen stieß einen leichten Schrei aus – ein ganzes Nest voll kleiner schnäbelaufsperrender Vögel; und Vater und Sohn gerieten miteinander in Streit, ob es Goldhähnchen oder junge Zeisige seien, während Harro schon das kleine Heimwesen im dichtesten Tannengrün verbarg.
Noch ein Waldbewohner erschien; er musste vom Buchenrevier herübergekommen sein; ein Eichhörnchen von Marzipan, in halber Lebensgröße, mit erhobenem Schweif und klugen Augen.

„Und nun ist's alle!", rief Frau Ellen. Aber nein, ein schweres Päckchen noch! Sie öffnete es und verbarg es dann ebenso rasch wieder in beiden Händen.
„Ein Prachtstück!", rief sie; „aber nein, Paul; ich bin edelmütiger als du; ich zeig's dir nicht!"
Der Amtsrichter ließ sich das nicht anfechten; er brach ihr die nicht gar zu ernstlich geschlossenen Hände auseinander, während sie lachend über ihn wegschaute.
„Ein Hase!", jubelte Harro, „er hat ein Kohlblatt zwischen den Vorderpfötchen!"
Frau Ellen nickte: „Freilich, er kommt auch eben aus des alten Kirchspielvogts Garten!"
„Harro, mein Junge", sagte der Amtsrichter, indem er drohend den Finger gegen seine Frau erhob; „versprich mir, diesen Hasen zu verspeisen, damit er gründlich aus der Welt komme!"
Das versprach Harro.
Der Baum war voll, die Zweige bogen sich; die alte Margreth stöhnte, sie könne die Leuchter nicht mehr halten, sie habe gar keine Arme mehr am Leibe. Aber es gab wieder neue Arbeit.
„Anzünden!", kommandierte der Amtsrichter; und die kleinen und großen Weihnachtskinder standen mit heißen Gesichtern, kletterten auf Schemel und Stühle und ließen nicht ab, bis alle Kerzen angezündet waren.
Die Kerzen am Baum brannten, das Zimmer war von Duft und Glanz erfüllt; es war nun wirklich Weihnachten geworden.
Ein wenig müde von der ungewohnten Anstrengung saß der Amtsrichter auf dem Sofa, nachsinnend in den

gegenüberhängenden großen Wandspiegel blickend, der das Bild des brennenden Baumes zurückstrahlte. Frau Ellen, die ganz heimlich ein wenig aufzuräumen begann, wollte eben die geleerte Kiste an die Seite setzen, als sie wie in Gedanken noch einmal mit der Hand durch die Papierspäne streifte. Sie stutzte.
„Unerschöpflich!", sagte sie lächelnd. – Es war ein Star von Schokolade, den sie hervorgeholt hatte. „Und, Paul", fuhr sie fort, „er spricht!"
Sie hatte sich zu ihm auf die Sofalehne gesetzt, und beide lasen nun gemeinschaftlich den beschriebenen Zettel, den der Vogel in seinem Schnabel trug: „Einen Wald- und Weihnachtsgruß von einer dankbaren Freundin!"
„Also von ihr!", sagte der Amtsrichter, „ihr Herz hat ein gutes Gedächtnis. Knecht Ruprecht musste einen tüchtigen Weg zurücklegen; denn das Gut liegt fünf ganze Meilen von hier."
Frau Ellen legte den Arm um ihres Mannes Nacken. „Nicht wahr, Paul, wir wollen auch nicht undankbar gegen die Fremde sein?" „Oh, ich bin nicht undankbar; aber …"
„Was denn aber, Paul?"
„Was mögen drüben jetzt die Alten machen!"
Sie antwortete nicht darauf; sie gab ihm schweigend ihre Hand.
„Wo ist Harro?", fragte er nach einer Weile.
Harro war eben wieder ins Zimmer getreten; aus einer Schachtel, die er mit sich brachte, nahm er eine kleine verblichene Figur und befestigte sie sorgfältig an einem Zweig des Tannenbaums. Die Eltern hatten es wohl erkannt; es war ein Stück von dem Zuckerzeug des letz-

ten heimatlichen Weihnachtsbaums; ein Dragoner auf schwarzem Pferd in langem graublauem Mantel. Der Knabe stand davor und betrachtete es unbeweglich; seine großen blauen Augen unter der breiten Stirn wurden immer finsterer.

„Vater", sagte er endlich, und seine Stimme zitterte, „es war doch schade um unser schönes Heer! – Wenn sie es nur nicht aufgelöst hätten – ich glaube, dann wären wir wohl noch zu Hause!"

Eine lautlose Stille folgte, als der Knabe das gesprochen. Dann rief der Vater seinen Sohn und zog ihn dicht an sich heran.

„Du kennst noch das alte Haus deiner Großeltern", sagte er, „du bist vielleicht das letzte Kind von den Unsern, das noch auf den großen übereinandergetürmten Bodenräumen gespielt hat; denn die Stunde ist nicht mehr fern, dass es in fremde Hand kommen wird. – Einer deiner Urahnen hat es einst für seinen Sohn gebaut. Der junge Mann fand es fertig und ausgestattet vor, als er nach mehrjähriger Abwesenheit in den Handelsstädten Frankreichs nach seiner Heimat zurückkehrte. Bei seinem Tode hat er es seinen Nachkommen hinterlassen, und sie haben darin gewohnt als Kaufherren und Senatoren oder, nachdem sie sich dem Studium der Rechte zugewandt hatten, als Bürgermeister oder Syndici ihrer Vaterstadt. Es waren angesehene und wohldenkende Männer, die im Lauf der Zeit ihre Kraft und ihr Vermögen auf mannigfache Weise ihren Mitbürgern zugute kommen ließen. So waren sie wurzelfest geworden in der Heimat. Noch in meiner Knabenzeit gab es unter den tüchtigeren Handwerkern fast keine Familie, wo nicht von den

Voreltern oder Eltern eines in den Diensten der Unserigen gestanden hätte; sei es auf den Schiffen oder in den Fabriken oder auch im Hause selbst. – Es waren das Verhältnisse des gegenseitigen Vertrauens; jeder rühmte sich des andern und suchte sich des ändern wert zu zeigen; wie ein Erbe ließen es die Eltern ihren Kindern; sie kannten sich alle, über Geburt und Tod hinaus, denn sie kannten Art und Geschlecht der Jungen, die geboren wurden, und der Alten, die vor ihnen da gewesen waren.“ – Der Amtsrichter schwieg einen Augenblick, während der Knabe unbeweglich zu ihm emporsah.

„Aber nicht allein in die Höhe“, fuhr er fort, „auch in die Tiefe haben deine Voreltern gebaut; zu dem steinernen Haus in der Stadt gehörte die Gruft draußen auf dem Kirchhof; denn auch die Toten sollten noch beisammen sein. – Und seltsam, da ich des inne ward, dass ich fort musste, war mein erster Gedanke, ich könnte dort den Platz verfehlen. – Ich habe sie mehr als einmal offen gesehen; das letzte Mal, als deine Urgroßmutter starb, eine Frau in hohen Jahren, wie sie den Unsrigen vergönnt zu sein pflegen. – Ich vergesse den Tag nicht. Ich war hinabgestiegen und stand unten in der Dunkelheit zwischen den Särgen, die neben und über mir auf den eisernen Stangen ruhten; die ganze alte Zeit, eine ernste schweigsame Gesellschaft. Neben mir war der Totengräber, ein eisgrauer Mann. Aber einst war er jung gewesen und hatte als Kutscher, den schwarzen Pudel zwischen den Knien, die Rappen meines Großvaters gefahren. – Er stand an einen hohen Sarg gelehnt und ließ wie liebkosend seine Hand über das schwarze Tuch des Deckels gleiten. ‚Dat is min ole Herr!‘, sagte er in seinem Plattdeutsch, ‚dat weer en gude Mann!' – Mein Kind, nur dort zu Hause konnte ich solche Worte hören. Ich neigte unwillkürlich das Haupt; denn mir war, als fühlte ich den Segen der Heimat sich leibhaftig auf mich niedersenken. Ich war der Erbe dieser Toten; sie selbst waren zwar dahingegangen; aber ihre Güte und Tüchtigkeit lebte noch und war für mich da und half mir, wo ich selber irrte, wo meine Kräfte mich verließen. – Und auch jetzt noch, wenn ich – mir und den Meinen nicht zur Freude, aber getrieben von jenem geheimnisvollen Weh – auf kurze Zeit zurückkehrte, ich weiß es wohl, dem sich dann alle Hände dort entgegenstreckten, das war nicht ich allein."

Er war aufgestanden und hatte einen Fensterflügel aufgestoßen. Weithin dehnte sich das Schneefeld; der Wind sauste; unter den Sternen vorüber jagten die Wolken; dorthin, wo in unsichtbarer Ferne ihre Heimat lag. – Er legte fest den Arm um seine Frau, die ihm schweigend gefolgt war; seine lichtblauen Augen lugten scharf in die Nacht hinaus.

„Dort!", sprach er leise; „ich will den Namen nicht nennen; er wird nicht gern gehört in deutschen Landen; wir wollen ihn still in unserm Herzen sprechen, wie die Juden das Wort für den Allerheiligsten." Und er ergriff die Hand seines Kindes und presste sie so fest, dass der Junge die Zähne zusammenbiss.

Noch lange standen sie und blickten dem dunkeln Zug der Wolken nach. – Hinter ihnen im Zimmer ging lautlos die alte Magd umher und hütete sorgsamen Auges die allmählich niederbrennenden Weihnachtskerzen.

Theodor Storm

Ernst Ferdinand Oehme, Neujahrsnacht

In Weihnachtszeiten

In Weihnachtszeiten reis' ich gern
Und bin dem Kinderjubel fern
Und geh in Wald und Schnee allein.
Und manchmal, doch nicht jedes Jahr,
Trifft meine gute Stunde ein,
Dass ich von allem, was da war,
Auf einen Augenblick gesunde
Und irgendwo im Wald für eine Stunde
Der Kindheit Duft erfühle tief im Sinn
Und wieder Knabe bin …

Hermann Hesse

Der Stern

Hätt einer auch fast mehr Verstand
als wie die drei Weisen aus dem Morgen-
land
und ließe sich dünken, er wäre wohl nie
dem Sternlein nachgereist, wie sie;
dennoch, wenn jetzt das Weihnachtsfest
seine Lichtlein wonniglich scheinen lässt,
fällt auch auf sein verständig Gesicht,
er mag es merken oder nicht,
ein freundlicher Strahl
des Wundersternes von dazumal.

Wilhelm Busch

Lüttenweihnachten

Tüchtig neblig, heute", sagte am 20. Dezember der Bauer Gierke ziellos über den Frühstückstisch hin. Es war eigentlich eine ziemlich sinnlose Bemerkung, jeder wusste auch so, dass Nebel war, denn der Leuchtturm von Arkona heulte schon die ganze Nacht mit seinem Nebelhorn wie ein Gespenst, das das Ängsten kriegt. Wenn der Vater die Bemerkung trotzdem machte, so konnte sie nur eines bedeuten. „Neblig –?", fragte gedehnt sein dreizehnjähriger Sohn Friedrich. „Verlauf dich bloß nicht auf deinem Schulwege", sagte Gierke und lachte.

Und nun wusste Friedrich genug, lief in den Stellmacherschuppen und „borgte" sich eine kleine Axt und eine Handsäge. Dabei überlegte er: Den Franz von Gäbels nehm' ich nicht mit, der kriegt Angst vor dem Rotvoß. Aber Schöns Alwert und die Frieda Benthin. Also los!

Wenn es für die Menschen Weihnachten gibt, so muss es das Fest auch für die Tiere geben. Wenn für uns ein Baum brennt, warum nicht für die Pferde und Kühe, die doch das ganze Jahr unsere Gefährten sind? In Baumgarten feiern die Kinder vor dem Weihnachtsfest Lüttenweihnachten für die Tiere, und dass es ein verbotenes Fest ist, von dem Lehrer Beckmann nichts wissen darf, erhöht seinen Reiz.

Sieben Kilometer sind es gut bis an die See, und nun fragt es sich, ob sie sich auch nicht verlaufen im Nebel. Da ist nun dieser Leuchtturm von Arkona, er heult mit seiner Sirene, dass es ein Grausen ist, aber es ist so seltsam, genau kriegt man nicht weg, von wo er heult. Manchmal bleiben sie stehen und lauschen. Sie beraten lange, und wie sie weitergehen, fassen sie sich an den Händen, die Frieda in der Mitte. Das Land ist so seltsam still; wenn sie dicht an einer Weide vorbeikommen, verliert sie sich nach oben ganz in Rauch. Es tropft sachte von ihren Ästen, tausend Tropfen sitzen überall, nein, die See kann man noch nicht hören. Vielleicht ist sie ganz glatt, man weiß es nicht, heute ist Windstille.

Jetzt sind es höchstens noch zwanzig Minuten bis zum Wald. Alwert weiß sogar, was sie hier finden: erst einen Streifen hoher Kiefern, dann Fichten, große und kleine, eine ganze Wildnis, gerade, was sie brauchen, und dann kommen die Dünen und dann die See.

Plötzlich sind sie im Wald. Erst dachten sie, es sei nur ein Grasstreifen hinter dem Sturzacker, und dann waren sie schon zwischen den Bäumen, und die standen enger und enger. Richtung? Ja, nun hört man doch das Meer, es donnert nicht gerade, aber gestern ist Wind gewesen, es wird eine starke Dünung sein, auf die sie zulaufen.

Und nun seht, das ist nun doch der richtige Baum, den sie brauchen, eine Fichte, eben gewachsen, unten breit, ein Ast wie der andere, jedes Ende gesund – und oben so schlank, eine Spitze so hell, in diesem Jahre getrieben. Kein Gedanke, diesen Baum stehen zu lassen, so einen finden sie nie wieder. Ach, sie sägen ihn ruchlos ab, sie bekommen ein schönes Lüttenweihnachten, das herrlichste im Dorf. Sie binden die Äste schön an den Stamm, und dann essen sie ihr Brot, und dann laden sie den Baum auf, und dann laufen sie weiter zum Meer. Zum Meer muss man doch, wenn man ein Küstenmensch ist, selbst mit solchem Baum. Anderes Meer haben sie näher am Hof, aber das sind nur Bodden und Wieks. Dies hier ist richtiges Außenmeer, hier kommen die Wellen von weit, weit her, von Finnland oder von Schweden oder auch von Dänemark. Richtige Wellen … Also, sie liefen aus dem Wald über die Dünen. Und nun stehen sie still. Und was sie sehen, ist ein Stück Strand, ein Stück Meer. Hier über dem Wasser weht es ein wenig, der Nebel zieht in Fetzen, schließt sich, öffnet den Ausblick. Und sie sehen die Wellen, grüngrau, wie sie umstürzen, weiß schäumend draußen auf der äußersten Sandbank, näher tobend, brausend. Und sie sehen den Strand, mit Blöcken besät, und dazwischen lebt es in Scharen …

„Die Wildgänse!“, sagen die Kinder. „Die Wildgänse!“ Sie haben nur davon gehört, sie haben es noch nie gesehen, aber nun sehen sie es. Das sind die Gänsescharen, die zum offenen Wasser ziehen, die hier an der Küste Station machen, eine Nacht oder drei, um dann weiterzuziehen nach Polen oder wer weiß wohin. Vater weiß es auch nicht. Und plötzlich sehen sie noch etwas, und magisch verführt gehen sie dem Wunder näher. Abseits, zwischen den hohen Steinblöcken, da steht ein Baum, eine Fichte, wie die ihre, nur viel, viel höher, und sie ist besteckt mit Lichtern, und die Lichter flackern im leichten Windzug … „Lüttenweihnachten für die Wildgänse …“ Immer näher kommen sie, leise gehen sie, auf den Zehen – oh dieses Wunder! – und um den Felsblock biegen sie. Da ist der Baum vor ih-

nen in all seiner Pracht, und neben ihm steht ein Mann, die Büchse über der Schulter, ein roter Vollbart …
„Ihr Schweinskerls!“, sagt der Förster, als er die drei mit der Fichte sieht. Und dann schweigt er. Und auch die Kinder sagen nichts. Sie stehen und starren. Es sind kleine Bauerngesichter, sommersprossig, selbst jetzt im Winter, mit derben Nasen und einem feisten Kinn. Es sind Augen, die was in sich reinsehen. Immerhin, denkt der Förster, haben sie mich auch erwischt beim „Lüttenweihnachten“. – Ja, da stehen sie nun: ein Mann, zwei Jungen, ein Mädel. Die Kerzen flackern am Baum, und ab und zu geht auch eine aus. Die Gänse schreien, und das Meer braust und rauscht. Die Sirene heult. Da stehen sie, es ist eine Art Versöhnungsfest, sogar auf die Tiere erstreckt, es ist „Lüttenweihnachten“. Man kann es feiern, wo man will, am Strand auch, und die Kinder werden nachher in ihres Vaters Stall noch einmal feiern. Und schließlich kann man hingehen und danach handeln. Die Kinder sind imstande und bringen es fertig, die Tiere nicht mehr zu quälen und ein bisschen nett zu ihnen zu sein. Zuzutrauen ist ihnen das.

Hans Fallada

Der selbstsüchtige Riese

An jedem Nachmittag, wenn die Kinder aus der Schule kamen, gingen sie in den Garten des Riesen und spielten da.
Es war ein großer hübscher Garten mit weichem, grünem Gras. Hier und da auf dem Rasen standen schöne Blumen wie Sterne, und da waren auch zwölf Pfirsichbäume, die im Frühling zartrosa und perlweiß blühten und im Herbst reiche Frucht trugen. Die Vögel saßen auf den Bäumen und sangen so süß, dass die Kinder immer wieder in ihren Spielen innehielten, um zu lauschen.
„Wie glücklich wir hier doch sind!", riefen sie einander zu.
Eines Tages kam der Riese nach Hause. Er war auf Besuch bei seinem Freund, dem gehörnten Menschenfresser, gewesen und sieben Jahre bei ihm geblieben. Als die sieben Jahre um waren, war alles gesagt, was er ihm zu sagen hatte, denn sein Gesprächsstoff war sehr beschränkt, und so beschloss er, auf sein eigenes Schloss zurückzukehren.
Als er nach Hause kam, sah er die Kinder in seinem Garten spielen.
„Was tut ihr hier?", rief er sehr mürrisch, und die Kinder liefen weg. „Mein Garten, das ist mein Garten", sagte der Riese, „das sieht jeder ein, und ich erlaube niemanden sonst, darin zu spielen als mir selber." Also baute er eine mächtige Mauer ringsum und stellte eine Warntafel auf:

UNBEFUGTES BETRETEN
DIESES GRUNDSTÜCKS
IST BEI STRAFE VERBOTEN!

Es war ein sehr eigensüchtiger Riese.
Die armen Kinder hatten jetzt nichts mehr, wo sie spielen konnten. Sie versuchten es auf der Landstraße, aber die Landstraße war sehr staubig und steinig, und sie mochten sie nicht leiden. So gingen sie also, wenn die Schule aus war, um die große Mauer herum und sprachen von dem schönen Garten dahinter.
„Wie glücklich waren wir da", sagten sie zueinander.
Dann kam der Frühling, und über der ganzen Gegend waren kleine Blüten und Vögel. Bloß in dem Garten des eigensüchtigen Riesen blieb es Winter. Die Vögel machten sich nichts daraus, darin zu singen, weil keine Kinder da waren, und die Bäume vergaßen zu blühen. Einmal steckte eine schöne Blume ihr Köpfchen aus dem Gras hervor, aber als sie die Warntafel sah, war sie so betrübt um die Kinder, dass sie wieder in den Boden hineinschlüpfte und weiterschlief. Die einzigen Wesen, die sich freuten, waren der Schnee und der Frost.
„Der Frühling hat diesen Garten vergessen", riefen sie, „so wollen wir hier das ganze Jahr hindurch leben."
Der Schnee bedeckte das Gras mit seinem großen weißen Mantel, und der Frost bemalte alle Bäume silberweiß. Dann luden sie den Nordwind ein, bei ihnen zu wohnen, und er kam. Er war in Pelze ganz eingehüllt und brüllte den ganzen Tag durch den Garten und blies die Schornsteine herunter.

„Das ist ein ganz herrlicher Platz“, sagte er, „wir müssen den Hagel auf eine Visite bitten.“ Und so kam der Hagel. Jeden Tag prasselte er drei Stunden lang auf das Schlossdach herunter, bis er fast alle Schieferplatten zerbrochen hatte, und dann lief er rund um den Garten, so schnell er konnte. Er war ganz grau angezogen und sein Atem war wie Eis.

„Ich versteh nicht, warum der Frühling so spät kommt“, sagte der eigensüchtige Riese, als er am Fenster saß und auf seinen kalten weißen Garten hinuntersah. „Ich hoffe, das Wetter ändert sich bald.“

Aber der Frühling kam nie und auch nicht der Sommer. Der Herbst gab jedem Garten goldene Früchte, aber dem Garten des Riesen gab er keine. „Er ist zu eigensüchtig“, sagte der Herbst. So war es da immer Winter, und der Nordwind und der Hagel und der Frost und der Schnee tanzten um die Bäume.

Eines Morgens lag der Riese wach im Bette, als er eine liebliche Musik vernahm. Es klang so süß an seine Ohren, dass er dachte, die Musikanten des Königs zögen vorüber. Aber es war bloß ein kleiner Hänfling, der vor seinem Fenster sang, nur hatte er so lange keinen Vogel mehr in seinem Garten singen hören, dass es ihm wie die schönste Musik in der Welt vorkam. Da hörte der Hagel auf, über seinem Kopf zu tanzen, und der Nordwind zu blasen, und ein köstlicher Duft kam zu ihm durch den geöffneten Fensterflügel.

„Ich glaube, der Frühling ist endlich gekommen“, sagte der Riese, und er sprang aus dem Bett und schaute hinaus.

Und was sah er?

Er sah etwas ganz Wunderbares. Durch ein kleines Loch in der Mauer waren die Kinder hereingekrochen und saßen in den Zweigen der Bäume. In jedem Baum, den er sehen konnte, saß ein kleines Kind. Und die Bäume waren so froh, die Kinder wieder bei sich zu haben, dass sie sich ganz mit Blüten bedeckt hatten und ihre Arme anmutig über den Köpfen der Kinder bewegten. Die Vögel flogen umher und zwitscherten vor Entzücken, und die Blumen guckten aus dem grünen Gras hervor und lachten. Es war entzückend anzusehen, und nur in einem Winkel war es noch Winter, und dort stand ein kleiner Junge. Er war so klein, dass er nicht an die Äste hinaufreichen konnte, und er lief immer um den Baum herum und weinte bitterlich. Der arme Baum war noch ganz bedeckt mit Frost und Schnee, und der Nordwind blies und heulte über ihm. „Klettere herauf, kleiner Junge“, sagte der Baum und senkte seine Äste so tief er konnte, aber der Junge war zu klein.

Da wurde des Riesen Herz weich, als er das sah.

„Wie eigensüchtig ich doch war!“, sagte er; „jetzt weiß ich, weshalb der Frühling nicht hier herkommen wollte. Ich will dem armen kleinen Jungen auf den Baumwipfel helfen, und dann will ich die Mauer umwerfen, und mein Garten soll für alle Zeit der Spielplatz der Kinder sein.“ Er war wirklich sehr betrübt über das, was er getan hatte.

So schlich er hinunter und öffnete ganz leise das Tor und trat in den Garten. Aber als die Kinder ihn sahen, erschraken sie so, dass sie alle wegliefen, und im Garten wurde es wieder Winter. Bloß der kleine Junge lief nicht weg, denn seine Augen waren so voll Tränen, dass er den Riesen nicht kommen sah. Und der Riese kam leise hinter ihm heran, nahm ihn zärtlich bei der Hand und setzte ihn hinauf in den Baum. Und sogleich fing der Baum zu blühen an, und die Vögel sangen in ihm, und der kleine Junge breitete seine Ärmchen aus, schlang sie um den Hals des Riesen und küsste ihn auf den Mund. Und wie die anderen Kinder sahen, dass der Riese nicht mehr böse war, kamen sie schnell zurückgelaufen, und mit ihnen kam auch der Frühling.

„Der Garten gehört jetzt euch, Kinderlein", sagte der Riese, und er nahm eine große Axt und hieb die Mauer um. Und als die Leute um zwölf Uhr zum Markt gingen, sahen sie den Riesen mit den Kindern spielen in dem schönsten Garten, den sie je gesehen hatten.

Den ganzen Tag spielten sie, und am Abend kamen sie zum Riesen und wünschten ihm eine gute Nacht.

„Aber wo ist denn euer kleiner Kamerad?", fragte er, „der Junge, dem ich auf den Baum geholfen habe?" Der Riese liebte ihn am meisten, weil er ihn geküsst hatte. „Wir wissen es nicht", antworteten die Kinder, „er ist fortgegangen."

„Ihr müsst ihm sagen, er soll morgen wiederkommen", sagte der Riese. Aber die Kinder antworteten, sie wüssten nicht, wo er wohne, und sie hätten ihn zuvor noch nie gesehen; da wurde der Riese sehr traurig.

Jeden Nachmittag nach Schluss der Schule kamen die Kinder und spielten mit dem Riesen. Aber der kleine Knabe, den der Riese so liebte, ließ sich nie mehr sehen. Der Riese war sehr gut mit den Kindern, aber er sehnte sich nach seinem kleinen Freunde und sprach oft von ihm.

„Wie gern möcht' ich ihn wiedersehen!", sagte er immer und immer. Jahre vergingen, und der Riese wurde sehr alt und schwach. Er konnte nicht mehr unten mit den Kindern spielen, und so saß er in seinem mächtigen Armstuhl und sah ihnen zu und freute sich an seinem Garten.

„Ich habe viele schöne Blumen", sagte er; „aber die allerschönsten Blumen von allen sind die Kinder."

An einem Wintermorgen sah er beim Ankleiden aus seinem Fenster. Jetzt hasste er den Winter nicht mehr, denn er wusste, dass der Frühling nur schlief und die Blumen sich ausruhten.

Plötzlich rieb er sich verwundert die Augen und sah und sah. Es war wirklich ein wundersamer Anblick. Im fernsten Winkel des Gartens war ein Baum ganz bedeckt mit lieblichen weißen Blüten. Seine Äste waren lauter Gold, und silberne Früchte hingen an ihnen, und darunter stand der kleine Knabe, den er so geliebt hatte. Hocherfreut eilte der Riese die Treppe hinunter und in den Garten. Er lief über den Rasen auf das Kind zu. Und als er ihm ganz nahe gekommen war, wurde sein Gesicht rot vor Zorn und er sagte: „Wer hat es gewagt, dich zu verwunden?" Denn an den Handflächen des Kindes waren Male von zwei Nägeln, und Male waren an den kleinen Füßen.

„Wer hat es gewagt, dich zu verwunden?", rief der Riese; „sag es mir, damit ich mein großes Schwert nehme und ihn erschlage."

„Ach nein", antwortete das Kind; „dies sind die Wunden der Liebe."

„Wer bist du?", sagte der Riese, und eine seltsame Scheu überkam ihn, und er kniete nieder vor dem kleinen Kind.

Und das Kind lächelte den Riesen an und sprach zu ihm: „Du ließest mich einst im Garten spielen, heute sollst du mit mir kommen in meinen Garten, in das Paradies.“ Und als die Kinder an diesem Nachmittag hereinstürmten, da fanden sie den Riesen tot unter dem Baume liegen und ganz bedeckt mit weißen Blüten.

Oscar Wilde

Auf eine Christblume

Im Winterboden schläft, ein Blumenkeim,
der Schmetterling, der einst um Busch und Hügel
in Frühlingsnächten wiegt den samtnen Flügel;
nie soll er kosten deinen Honigseim.

Wer aber weiß, ob nicht sein zarter Geist,
wenn jede Zier des Sommers hingesunken,
dereinst, von deinem leisen Dufte trunken,
mir unsichtbar, dich Blühende umkreist?

Eduard Mörike

P. HEY

Paul Hey, Christmarkt

Weihnachtsode

Die Nacht ist hin, nun wird es licht.
Da Jakobs Stern die Wolken bricht:
Ihr Völker hebt die Häupter auf
und merkt der goldnen Zeiten Lauf!

Du süßer Zweig aus Jesse Stamm,
mein Heil, mein Fürst, mein Schatz, mein Lamm!
Ach, schau doch hier mit Freuden her,
wie mein Herz die Wiege wär!

Ach komm doch, liebster Seelenschatz!
Der Glaube macht dir reinen Platz,
die Liebe steckt das Feuer an,
das auch den Stall erleuchten kann!

Ihr Töchter Salems, küsst den Sohn!
Des Höchsten Liebe brennet schon.
Kommt, küsst das Kind! Es stillt den Zorn.
Ach, nun erhebt der Herr mein Horn.

Johann Christian Günther

Die einsamen Kinder

Es war Nacht geworden. Theodor und Wilhelm durchwanderten noch immer die Straßen von Hamburg; Theodor ergötzte sich kindlich an all den Herrlichkeiten, die besonders zur Weihnachtszeit in den festlich geschmückten Buden aufgestellt sind; nur zuweilen machte er seiner Freude und Verwunderung in einem Ausrufe Luft; denn er mochte seinen Bruder, der ihm still und bleich zur Seite ging, nicht stören.
Wilhelm ergriff von Stunde zu Stunde tiefere Unruhe, bald wünschte er meilenweit von Hamburg entfernt zu sein; bald sehnte er sich nach der Erscheinung des Hageren; zuletzt versank er ganz und gar in jene Art trüber Gleichgültigkeit, die vielleicht unter allen Gemütszuständen die meiste Ähnlichkeit mit dem Tode hat.
Die Uhr schlug elf, da standen die Knaben wieder auf dem Petri-Kirchhofe. In demselben Augenblicke schritt der hagere Mann auf sie zu; er sagte Wilhelm guten Abend und musterte Theodor mit einem stechenden Blick, der diesen, wie ein glühender Pfeil, durchdrang. Theodor fühlte sich im Innersten wie von dem Finger des Todes berührt; er ahnte, dass ihm eine feindliche Natur, mit welcher er nichts gemein habe, gegenüberstehe; er fasste seinen Bruder, der den Hageren sprachlos anstarrte, bei der Hand sagte: „Lass uns diesen Ort verlassen, Wilhelm!"

Wilhelm zuckte zusammen; aber er presste die Hand seines Bruders heftig in die seinige und rief: „Jawohl, wir wollen gehen!"
Der Hagere lachte laut auf, wandte sich um und bog um die Ecke der Kirche. Noch einmal schaute er zurück; da fühlte Wilhelm sich unwiderstehlich fortgerissen; er ließ die Hand seines Bruders los und schrie: „Ich muss ihm nach, er darf nicht fort!"
„Ich warte!", rief der Hagere zu ihm herüber, Wilhelm stürzte auf ihn zu.
„Gib mir die Hand und sei kein Tor!", sagte der Hagere.
Wilhelm gab sie ihm; aus den kalten Fingerspitzen des Hageren schien sich ein elektrisches Feuer in ihn zu ergießen; ihm war wie damals, als er aus der Flasche getrunken hatte; eine wunderbare Welt umgaukelte ihn; noch einmal, wie einst in der Hütte, ging das Leben in all seinen Erscheinungen an ihm vorüber; noch einmal stand das Mädchen in vollem Liebreiz vor ihm da.
Wilhelm schloss vor Entzücken seine Augen; als er sie wieder aufschlug, fiel sein erster Blick auf das unheimliche Gesicht des Hageren, der ihn mit steinernem Ernst betrachtete. Er tat einen Schritt zurück; dann fragte er mit unsicherer Stimme: „Wer bist du?"
„Was kümmert's dich, Knabe, wer ich bin!", antwortete der Hagere mit finsteren Stirnfalten, „du weißt, was ich kann!"
„Du sagtest, du wärest der Teufel", fuhr Wilhelm fort, „*bist* du der Teufel?"
„Schweig!", rief der Hagere zornig und trat dicht vor Wilhelm hin. Wilhelm zitterte, ihm brachen die Knie

„Bruder, wie bist du blass – was fehlt dir," sagte Theodor im Tone des innigsten Mitleids.
„Ach, ich –" Die Stimme brach Wilhelm, die Anrede seines Bruders hatte ihn im Tiefsten erschüttert, der Zauber, der ihn bisher geblendet hatte, wirkte nicht mehr; mit dem Ausruf:
„Schütze mich! Schütze mich!", fiel er Theodor an die Brust.
In diesem Augenblicke erscholl eine Weihnachtsmusik vom Turme. O, Musik, heilige Stimme der Natur, worin sie alles ausspricht, was zu flüchtig ist für die Gestaltung in einer ihrer tausendfachen Formen und zu zart für die Gedanken des Menschen, welcher die Wasserlilien, die sich aus ihren ewigen Tiefen empor ringeln, nur pflücken, aber nicht bis an die Wurzeln verfolgen kann! Du entblätterst die Welt wie eine Rose, aber nur, um in ihr Innerstes einzudringen und von der Kraft zu nippen, die ewig neue Blüten treibt, du führst den Geist in schwindelndem Fluge bis an seine Grenze, aber nur, weil diese Grenze der Anfang der Gottheit ist.
Theodor und Wilhelm hatten nie eine Musik gehört. Brust an Brust gelehnt, standen sie da, ohne Worte, nur Empfindung, Vergangenheit, Gegenwart und Zukunft schwebten an ihnen vorüber; jede Saite, die bisher in den Tiefen ihrer Brust nur noch gezittert hatte, erklang. Es gab für Theodor nichts mehr, was er fürchtete, für Wilhelm nichts mehr, was er hoffte. Das Gemüt gab sich kund, hier in der Zerknirschung, die, wie jeder Tod, der Herold unsterblichen Lebens war, und dort in der Erhebung zum Zenitpunkte geistiger Freiheit.

„Das ist der Gesang der Engel“, sagte Theodor leise, „von dem Mutter uns so oft erzählte; mir ist, als ob ich in diesem Augenblicke den lieben Gott sähe; ich will beten.“

„Bete mit für mich“, sagte Wilhelm, „ich sterbe!“

Theodor hörte nicht, was sein Bruder gesagt hatte; er war auf seine Knie gesunken und hatte die Hände in frommer Andacht gefaltet. Wilhelm sah ihn beten; er wandte sich von ihm ab, und Tränen stürzten ihm aus den Augen. Er glaubte, vor dem unsichtbaren Richterstuhl desjenigen zu stehen, der die Gedanken erkennt, bevor sie ausgesprochen werden, und Schauer des Todes rieselten ihm durch die Gebeine. Doch jener unvorsätzliche Totschlag in der Hütte war es nicht mehr, der seine Seele beängstigte; auch die letzte, finstere Stunde folterte ihn nicht. Aber es wurde ihm klar, dass er immer die Kraft in sich getragen hatte, den unheimlichen Blend und Zauberwerken, die sich ihm entgegendrängten, zu widerstehen, und das Bewusstsein, den Hageren nicht in heiligem Ernst von sich gestoßen, sondern sich seinen Verlockungen willig hingegeben und um das Höchste des Lebens aus Trotz und Eitelkeit freventlich gespielt zu haben, zermalmte ihn.

Die tiefen, langgezogenen Töne des Horns bohrten sich wie Keile in seine Seele, und er fühlte zugleich, dass sie ihn zum Himmel würden erhoben haben, wenn sie ihn nicht in die Hölle hätten hinunterstürzen müssen. All die reizenden Lebensbilder, die der Hagere an ihm vorübergeführt hatte, grüßten ihn auch jetzt, aber reiner, lauterer, und ohne sein Herz zu rasender Begierde zu entflammen, wie einst. „Mir selbst und dem Himmel hat der Entsetzliche die Blumen gestohlen, durch die ich mich verlocken ließ!", rief er aus. Dies war sein größter und sein letzter Schmerz.

Die Musik verstummte. „Ach, Wilhelm," sagte Theodor, tief aufatmend, indem er wieder aufstand, „ich glaubte, schon oft gebetet zu haben, aber ich habe zum ersten Male gebetet!"

„O Bruder, Bruder!", rief Wilhelm aus und bedeckte mit der Hand das Gesicht, „sag mir, wie werd ich wie du?"

Theodor wollte Wilhelm umarmen, doch schnell trat er, von einem großen Gedanken ergriffen, zurück und sagte: „Bruder, hebe deine Hände empor zu den Sternen und schwöre, wie ich eben geschworen, allem, was edel und gut ist, ewige Treue!" Da faltete Wilhelm seine Hände und blickte zum Himmel auf und stammelte: „Ewig, ewig!" Sein Angesicht leuchtete.

In diesem Augenblicke gingen an den Knaben mehrere Männer mit Blasinstrumenten unter dem Arme vorbei. Es waren die Musikanten, die vom Turme kamen.

Da klopfte plötzlich der Hagere Wilhelm auf die Schulter und sagte, indem er auf die Musikanten zeigte: „Siehe, Knabe, das sind deine Götter!" Dann verschwand er mit einem heiseren Gelächter.

Friedrich Hebbel

O Heiland, reiß die Himmel auf

O Heiland, reiß die Himmel auf,
herab, herab vom Himmel lauf.
Reiß ab vom Himmel Tor und Tür,
reiß ab, wo Schloss und Riegel für.

O Gott, ein' Tau vom Himmel gieß,
im Tau herab, o Heiland, fließ.
Ihr Wolken, brecht und regnet aus
den König über Jakobs Haus.

O Erd, schlag aus, schlag aus, o Erd,
dass Berg und Tal grün alles werd.
O Erd, herfür dies Blümlein bring,
o Heiland, aus der Erden spring.

Wo bleibst du, Trost der ganzen Welt,
darauf sie all ihr Hoffen stellt?
O komm, ach komm vom höchsten Saal,
komm, tröst uns hier im Jammertal.

müde ins Bett fiel? Ich hab' nichts gesagt, aber als sie mich fragten, ob ich es gewesen bin, der das Loch in den Parkettboden geschlagen hat, da konnte ich nicht leugnen; nur von der Erbsensuppe haben sie nichts erfahren, das bleibt unser Geheimnis.
Fünfunddreißig Jahre im Beruf, immer tadellos geführt. Ich weiß nicht, wie es hat geschehen können; ich hätte es wissen müssen, was ich tat, und hab's doch getan: Ich bin mit dem Aufzug zum Hausmeister hinuntergefahren, hab' Hammer und Meißel geholt, bin mit dem Aufzug wieder raufgefahren, hab' ein Loch in den Parkettboden gestemmt. Schließlich konnte ich nicht ahnen, dass seine Mutter darüber stolpern würde, als sie nachts um vier betrunken aus der Bar zurückkam. Offen gestanden, ganz so schlimm finde ich es nicht, auch nicht, dass sie mich rausgeschmissen haben. Gute Kellner werden überall gesucht.

Heinrich Böll

Der verliebte Pfefferkuchen

Die vielen Pfefferkuchen, die zur Weihnacht in die Welt wandern, leben vorher alle in der Pfefferkuchenstadt im Märchenland. Diese Stadt besteht aus lauter Pfefferkuchenhäusern, und in ihnen wohnen Pfefferkuchenmänner, Pfefferkuchenfrauen und Pfefferkuchenkinder, und dort werden sie auch alle geboren. Das heißt, sie werden eigentlich nicht geboren, sondern gebacken, und das ist immerhin ein kleiner Unterschied. Denn bei der Geburt waltet die Natur nach ihren weisen Gesetzen, und es entstehen kunstvolle und regelmäßige Gebilde, während das Backblech über keinerlei geheimnisvolle Kräfte verfügt, sodass auf ihm die sonderbarsten Geschöpfe zutage treten. Ein aufgequollener Magen, zerflossene Beine, verschrumpfte Arme und ähnliche Abnormitäten sind unvermeidlich und werden von den Pfefferkuchenleuten ergeben und freundlich als ein Schicksal betrachtet, das ihrer Familie eigentümlich ist. Nur wird sehr achtsam darauf gesehen, dass die Augen aus süßen Mandeln hübsch im Kopf sitzen und die Rosinen und Korinthen im Leib gleichmäßig verteilt sind. Auch dürfen die kleinen Kinder nicht zu knusprig und nicht zu hell sein, nicht zu hart und nicht zu weich und müssen eine angenehme braune Farbe haben. Beiläufig bemerkt, sollen die Rosinen nicht in den Kopf geraten, denn das hat schon wiederholt, und nicht nur bei Pfefferkuchen, zu unerquicklichen Begebenheiten geführt.

Das Backen der Pfefferkuchenkinder besorgen alte und sehr erfahrene Pfefferkuchenfrauen, sie kneten den Teig mit Andacht, mischen Nelken, Kardamom, Ingwer und Zimt darunter und formen kleine Pfefferkuchenleute daraus. Dann setzen sie ihnen süße Mandeln als Augen ein, drücken Rosinen und Korinthen in Magen, Arme und Beine und schieben die kleinen Pfefferkuchenkinder mit heißen Segenswünschen in den Backofen.

Wenn aber die kleinen Pfefferkuchenkinder ausgebacken sind, werden sie in der ganzen Stadt verteilt und mit Korinthen großgezogen. Natürlich kommen sie alle ein wenig verändert aus dem Ofen, bei dem einen ist der Magen aufgequollen, bei dem anderen sind die Arme verschrumpft oder die Beine zerflossen. Aber das ist unvermeidlich und wird von den Pfefferkuchenleuten als Schicksal betrachtet, das ihrer Familie eigentümlich ist. Denn sie werden nun einmal nicht geboren, sondern gebacken.

Aber sie werden einzig und allein nur in der Pfefferkuchenstadt im Märchenland und nur von alten, erfahrenen Pfefferkuchenfrauen gebacken, nicht etwa bei uns, wie das immer noch manche Menschen behaupten. Das ist eine ganz irrtümliche Auffassung, die nicht scharf genug bekämpft werden kann. Es mag vielleicht hier und da einmal zutreffen, dass kleine Pfefferkuchen auch bei uns gebacken werden, aber die sind dann etwas ganz anderes. Die richtigen Weihnachtspfefferkuchen, die ein Gesicht und Arme und Beine haben, werden alle in der Pfefferkuchenstadt gebacken, und wenn sie einmal zufällig bei uns aus dem Backofen kommen, so sind sie eben auf diesem Wege aus dem Märchenland hereinspaziert.

Zu Weihnachten wandern die Pfefferkuchenleute in großen Scharen auf die Erde, zu einer ganz bestimmten Stunde. Diese Stunde werde ich aber nicht sagen. Sonst würden alle neugierigen Leute aufpassen und sich hinstellen, um zuzusehen. Das würde die Pfefferkuchenleute stören, und sie kämen am Ende überhaupt nicht mehr auf die Erde. Was aber wäre Weihnachten ohne Pfefferkuchen?
Es ist freilich wahr, dass auch außerhalb der Weihnachtszeit Pfefferkuchen zu haben sind, aber diese werden von ihrer Familie gering geachtet und gelten als Abenteurer. Die richtigen Pfefferkuchenleute wandern alle zu Weihnachten auf die Erde, um sich an den Tannenbaum mit den brennenden Kerzen zu hängen und von den Menschen gegessen zu werden. Denn das ist ihre Bestimmung, und zwar wollen sie von Menschen und nicht von Mäusen verspeist werden. Warum, weiß ich nicht, und mir erscheint es etwas einseitig, denn den Mäusen schmeckt es genauso gut wie uns, und sie wollen auch ihre Weihnacht feiern. Es ist das wohl nur eine törichte Etikettefrage, aber die Pfefferkuchenleute sind darin sehr eigensinnig, sodass die Mäuse sie nur ganz ausnahmsweise erwischen, wenn mal ein Pfefferkuchen nicht aufgepasst hat und vom Tannenbaum heruntergefallen ist. Das hat dann seine besonderen Gründe, und von einer solchen Geschichte will ich erzählen.
Es war nämlich einmal unter den vielen Pfefferkuchenleuten, die zur Weihnacht in die Welt gewandert waren, ein Pfefferkuchenmann dabei, der süße Mandelaugen und viele Korinthen im Leibe hatte, aber auch leider eine große und dicke Rosine im Kopf. Es ist gar

nicht gut, wenn jemand Rosinen im Kopf hat, und bei einem gewöhnlichen Pfefferkuchen ist es sogar recht bedenklich. So dachte der Pfefferkuchenmann, dass er etwas ganz Besonderes wäre und darum auch etwas ganz Besonderes erleben müsse, etwas ganz und gar nicht Pfefferkuchenmäßiges, und das dachte er immer wieder, als er am Weihnachtsbaum hing und die Kerzen über und unter ihm brannten und der goldene Stern auf der Spitze der grünen Tanne auf ihn und alle anderen herabschaute.

Als nun die letzte Kerze am Weihnachtsbaum erloschen war und die Menschen schlafen gegangen waren, da guckte der Pfefferkuchenmann um sich und sah, dass neben ihm eine Pfefferkuchenfrau hing, freundlich und angenehm, bloß mit ein wenig zerflossenen Füßen. In der blauen Dämmerung der Weihnacht aber leuchtete der goldene Stern auf der Tanne. Nun ist es unter den Pfefferkuchenleuten Sitte, dass sie in blauer Dämmerung, wenn die letzte Kerze erloschen ist, sich gerne küssen, wenn sie sich erreichen können. Wenn sie sich aber nicht erreichen können, dann küssen sie sich nicht. Darin ist es bei den Pfefferkuchen genauso wie bei den Menschen. Trotzdem nun der Pfefferkuchenmann eine große und dicke Rosine im Kopf hatte und eigentlich etwas Besonderes erwartete, überkam ihn jedoch beim Anblick der Pfefferkuchenfrau ein sehr angenehmes Gefühl, wie von Honig, Sirup und Zucker.

„Oh“, sagte der Pfefferkuchenmann zur Pfefferkuchenfrau und seufzte.

„Ach“, sagte die Pfefferkuchenfrau zum Pfefferkuchenmann und seufzte auch.

So beginnen ja die meisten Gespräche über die Liebe. Und da sich die beiden erreichen konnten, so neigten sie sich zueinander und hätten sich beinahe geküsst, als die Pfefferkuchenfrau plötzlich etwas bemerkte, was eine Pfefferkuchenfrau durchaus nicht leiden kann.
„Sieh bloß die Tänzerin dort an", rief sie entrüstet, „ist es nicht ein Skandal, wie sie mit den Beinen schlenkert?!"
Die Pfefferkuchenfrau hätte besser daran getan, den Mund zu halten, aber das kann keine Frau in einem solchen Falle, ganz gleich, ob sie ein Pfefferkuchen ist oder nicht.
Der Pfefferkuchenmann sah nach der anderen Seite. Dort wiegte sich eine kleine Tänzerin auf dem Tannenast mit schlanken, auf Draht gezogenen Armen und Beinen und mit einem Kleidchen von rotem Seidenpapier. Bei jedem leisen Luftzug drehte sie sich hin und her, wie das so leichte Personen begreiflicherweise tun müssen, und tatsächlich: Sie schlenkerte mit den Beinen und wippte bei jeder Bewegung mit dem bunten Rocksaum. Sie war eben aus Papier.
Dem Pfefferkuchenmann traten die Korinthen förmlich aus dem Leibe vor lauter Wonne, und seine süßen Mandelaugen verrutschten völlig nach der Seite der kleinen Tänzerin.
„Das ist das Besondere", sagte er, „und ich bin ja auch etwas Besonderes. Das ist etwas anderes als die Pfefferkuchenfrau mit den zerflossenen Füßen."
Und die große, dicke Rosine in seinem Kopf schwoll und schwoll.
„So etwas sollte verboten werden", sagte die Pfefferkuchenfrau, „das ist eine leichtsinnige Person, und sie

gehört nicht auf den Tannenbaum. Der goldene Stern dort oben sollte das nicht dulden. Er ist hier die Polizei."

Der goldene Stern auf der Spitze des Tannenbaumes aber war keine Polizei. Er schaute auf die fetten Pfefferkuchenleute mit den zerflossenen Beinen, auf die erloschenen Kerzen und auf die kleine Tänzerin aus Papier mit der gleichen Geduld und Güte. Denn es war der Stern der Heiligen Nacht, und er hatte schon viele Kerzen brennen und viele Kerzen erlöschen sehen.

Der Pfefferkuchenmann drehte die süßen Mandelaugen immer mehr und mehr nach der kleinen Tänzerin.

„Ich liebe Sie! Oh!", sagte er und hatte jetzt Gefühle in seinem ganzen Teig, gegen die Honig, Sirup und Zucker gar nichts mehr waren.

Doch wenn der Pfefferkuchenmann auch noch so süße Mandelaugen machte und „Oh!" sagte, die kleine Tänzerin sagte noch lange nicht „Ach!" dazu, denn sie war ganz und gar keine Pfefferkuchenfrau. Sie drehte sich im leisen Luftzug hin und her, einem Luftzug, durch den ein Pfefferkuchen sich nun und nimmer bewegt hätte, sie schlenkerte mit den Beinen und wippte mit dem bunten Rocksaum dazu, aber „Ach!" sagte sie nicht. Sie war eben aus Papier.

Als die Pfefferkuchenfrau sah, dass der Pfefferkuchenmann sich von ihr abgewandt hatte und nur noch mit verrutschten Mandelaugen nach der papiernen Tänzerin sah, da weinte sie zwei dicke Tränen von Zimt aus ihren Mandelaugen, und das will schon etwas heißen.

Aber mit dem Pfefferkuchenmann geschah etwas sehr Sonderbares. Seine Mandelaugen waren so verrutscht, dass er sie gar nicht mehr zurückwenden konnte, sondern nur immer die kleine Tänzerin anstarren musste, und die große Rosine in seinem Kopf war so geschwollen, dass er nichts anderes mehr denken und fühlen konnte als buntes Papier, und das ist selbst für einen Pfefferkuchen ein bisschen dürftig.

Wenn einem aber die Rosinen im Kopf schwellen und die Augen verrutschen, so passt man nicht mehr auf sich selber auf, und so fiel der Pfefferkuchenmann mit einem Mal vom Tannenbaum herunter auf die Diele, und dort verspeisten ihn die Mäuse. Die Mäuse wollten auch Weihnacht feiern, und man konnte ihnen das wohl gönnen. Aber vom Pfefferkuchenstandpunkt aus war das Ende gegen die Etikette, und für jeden, der ein richtiger Pfefferkuchen ist, ist die Etikette der Pfefferkuchen etwas sehr Wichtiges.

„Es sind zu viel Nelken darin", sagte die eine Maus und knusperte, „aber sonst ist er vorzüglich."

„Es ist zu wenig Ingwer dabei", meinte die andere Maus und knabberte, „aber sonst ist er ausgezeichnet."

Die dritte Maus sagte gar nichts. Aber sie verspeiste mit Appetit die große, dicke Rosine, die der Pfefferkuchenmann im Kopf gehabt hatte.

„Pfui", sagte die Pfefferkuchenfrau und weinte keine einzige Träne von Zimt mehr, „das ist ja gegen alle Etikette!"

Dass man sie nicht geküsst hat, kann eine Pfefferkuchenfrau vergessen, aber ein Ende gegen die Etikette ist ihr etwas Scheußliches, und so denken alle wirklichen Pfefferkuchenleute auf dieser Erde.

„Pfui", sagte sie noch einmal und warf sich einem fetten Pfefferkuchenmann an den Hals, der einen gequollenen Bauch hatte, aber dafür auch keine Rosinen im Kopf, sondern ganz gewöhnlichen Teig, und er nahm sie in seine zerflossenen und soliden Arme. Nachher aber sind sie beide von Menschen verspeist worden und nicht von Mäusen, und das war in der Ordnung und nach der Etikette der Pfefferkuchen.

Was aus der kleinen Tänzerin geworden ist, weiß ich nicht. Wahrscheinlich endete sie auf dem Kehrichthaufen, denn das tun die meisten von ihnen, wenn sie nur aus Papier sind. Natürlich wird sich vorher noch mancher Pfefferkuchenmann die süßen Mandelaugen nach ihr verrutscht haben und wird schließlich von Mäusen gegessen worden sein, ganz gegen die Etikette.

Von allen blieb nur der goldene Stern auf der Spitze des Tannenbaumes übrig, denn der ist unvergänglich und kündet, dass es Weihnacht auf der Erde werden soll. Und er schaut auf Menschen und Mäuse, auf die fetten Pfefferkuchen und die kleine Tänzerin, auf die großen Rosinen im Kopf, die süßen Mandelaugen und auf den Kehrichthaufen mit der gleichen Geduld und Güte. Denn es ist der Stern der Heiligen Nacht, und er hat schon viele Kerzen brennen und erlöschen sehen.

Alles andere wechselt und bleibt sich doch immer gleich. Es kommt wieder und es geht wieder und besonders die verliebten Pfefferkuchenleute sind etwas sehr Alltägliches. Nur dürfen sie sich nicht nach den kleinen Tänzerinnen aus Seidenpapier die süßen Mandelaugen verrutschen und müssen auch nicht Rosinen, sondern ganz gewöhnlichen Teig im Kopf haben, und der gewöhnliche Teig im Kopf soll überhaupt für eine jede Pfefferkuchenliebe das Allerbeste sein.

Manfred Kyber

Die Weihnachtsglocken von Finkenrode

Ein Glockenschlag erweckte mich aus meinem stundenlangen Brüten – die Weihnachtsglocken von Finkenrode! Die Weihnachtsglocken meiner Kindheitszeit!
Ich fuhr mit der Hand über die Stirn und lauschte; unwiderstehlich zog es mich hinaus in die Heilige Nacht. Ich hatte den Mantel übergeworfen; ich fand mich in der Straße, ohne zu wissen, wie.
Alles still und dunkel! Kein Stern am Himmel, kein Lichtlein auf Erden! Glockenklang, Glockenklang der Heimat!
Ich schritt langsam durch die schweigenden, schneebedeckten Straßen, das Erwachen der Stadt erwartend. Dort flammt ein Licht auf, dort wieder eins. Sie bewegen sich in den Häusern hin und her durch die Gemächer. Sieh da! Sieh da, ein Weihnachtsbaum im vollen Glanz! Haustüren öffnen sich hier und da, eine Gestalt, in einen Mantel gehüllt, streicht an mir vorüber. In immer hellerem Glanz leuchtet das Städtlein Finkenrode. Ich folge dem Glockenklang durch die Gassen auf den Marktplatz – vor mir strahlt die Kirche des heiligen Martin mit ihren hohen, spitzen, erleuchteten Fenstern; die beiden Türme verlieren sich vollständig in dem Nebel und der Dunkelheit. Ich lehne mich an einen Pfeiler des weitgeöffneten Portals und lausche. Hallen einmal einen Augenblick die Glocken über mir

aus, so klingt leise, leise das Geläut eines fernen Walddorfes herüber. Noch ist die Kirche menschenleer, die Wände des heiligen Gebäudes entlang schimmern die Totenkränze im Glanz der Kronleuchter. Tannenzweig windet sich an den Pfeilern empor.
Jetzt ist das christliche Volk erwacht und regt sich. Männer und Weiber schreiten durch die Gassen und über den Markt, auf die Kirchentüren zu, die Gesangbücher an die Brust gedrückt. Die Kinder führen ihre bunten Weihnachtspuppen mit sich, junge Mädchen entfalten strahlend den neuesten Putz. Zwischen den modernen Hüten und Hauben der Weiber schimmern hier und da die landesüblichen seltsamen Kugelmützen von Gold und Silberstoff, die Kopfbedeckungen der älteren Bürgersfrauen, hervor. Immer dichter werden die Scharen, die an mir vorüberziehen. Jeder Kirchgänger führt ein Wachslicht mit sich, welches an einer am Eingang der Kirche hängenden kleinen Lampe angezündet wird. Schon flammen Hunderte von Kerzen, schon braust die Orgel, der Gesang der Menge fällt ein weit über die kleine Stadt hin, bis tief hinein in die stillen Berge, wo der Hirsch und der Fuchs verwundert aufhorchen, erklingt die Feier des Christmorgens.

Wilhelm Raabe

Stephan Lochner, Singende Engel

Das Weihnachtsfest

Du wundervolles Weihnachtsfest daheim
auf unserm Gut im weißverschneiten Land, –
wie fass ich nur dies Kleinod ein in Worte?
Soll ich's zum Rahmen einer Handlung wählen,
balladisch seinen stillen Glanz erhöhn,
mach ich's zum Hintergrunde einer Szene,
schleif ich daraus ein lyrisches Gedicht?

Nein, allzu wertvoll ist das Kleinod mir,
um es bewusst zum Kunstwerk aufzuschönen.
So häng ich's denn an eine schlichte Kette
einfacher Worte – ganz allein für uns,
damit wir uns an seinem stillen Glanz,
an seiner Lieblichkeit allein erfreuen! – – –

Da ist zuerst der Baum, – hurra, der Baum!
Erst hieß es zwar: „Der ist zu groß, Herr Förster,
da reicht die Stubenleiter nicht hinauf!"
Dann aber haben unsre beiden Großen
im Zimmerschuppen stundenlang verzaubert
dem alten Schirmer zugesehn, wie er
das grüne Kreuz als Fuß darunter fügte,
und etwa alle halbe Stunde haben
sie schwärmerisch davon Bericht erstattet:
„Nein, er ist nicht zu groß, ist wunderschön!"
Nun duftet hold nach Wald der ganze Saal,
ja, auch das Treppenhaus, durch das er kam,

und wo er auf den Stufen starre Zweiglein
als zarte Spuren seines Weges ließ.
Tief dunkelgrün hebt sich die Pyramide
der schönen Tanne vor den Spiegeln auf.

Noch steht sie allzu ernst und fast verlegen,
das scheue Waldkind, bei den Meißner Gruppen,
die auf Konsolen und Kamin geziert
sich über seine „Dörperheit“ mokieren
und doch schon ahnen, wie langweilig *sie*
vor seinem Schmuck die nächsten Tage werden!

Denn offen stehen schon die Kästen, voll
Christkindchens Haar und Silberkugeln, Sternen,
geflochtnen Ketten bunten Glanzpapiers,
flitternden Strahlenbüscheln, blanken Nüssen
und Fichtenzapfen, Marzipankartoffeln,
verzuckerten Ringen ganz aus Quittenbrot,
Zapfen kristallnen Eises, gläsernen Glöckchen
und vielen schlanken Kerzen, weiß und glatt.

Die Kinder dürfen helfen vorbereiten, –
Börries löst sorglich des Lametta Bändchen
und lockert seine Silbersträhnen auf,
Friedel darf alle Lichter einmal brennen,
damit der angekohlte Docht dann leichter
auf höchster Höh des Baumes Feuer fängt, –
dies bisschen Gokeln ist der Seligkeiten
Allüberschwenglichste, aus seinen Augen
strahlt hundertfach der Lichterglanz zurück. –

Und Lotte knotet unverdrossen Schlingen
an all die Herrlichkeit aus Marzipan, –
wie ihre zarten Finger so geschickt
und unermüdlich sind bei jeder Arbeit!
Und dabei klingen alle Weihnachtslieder
halblaut gesummt durch unsern lieben Saal.

Ein sprachlich Wunder ist der schöne Raum:
Elf Monde lang heißt feierlich er „Saal“,
doch so vom zwanzigsten Dezember ab
verändert er alljährlich seinen Namen
und ist für Jung und Alt die „Weihnachtsstube“.

Nun steht der Baum in Glanz und Herrlichkeit,
zu schön fast für das helle Tageslicht,
wie eine Dame, die am Vormittag
die große Hoftoilette anprobiert
und unwahrscheinlich strahlt in all der Pracht.

Längst sind die Kinder in ihr Reich verbannt
und basteln drüben in der „Höhle“, wo
sie um die rote Hängelampe hocken,
an ihren Heimlichkeiten. Nur Hauslehrer
und Fräulein haben ungehindert Zutritt, –
(und sind ja freilich auch die Hauptpersonen
bei ihrer emsigen Händchen stillem Werk!)
Himmel, der Kiekser, als aus Neckerei
ich mir bei ihnen Eingang schaffen will!
Bubi ist noch beim Abendessen *rot*
vor Schrecken, und das Lottchen *weiß!* – –

Und dann die beiden schweren Arbeitstage
unmittelbar vorm Fest! Weit über hundert
weihnachtsbescherungsfrohe Menschenherzen
hat meine liebe Frau da zu bedenken,
und ich steh dann dabei und heimse Dank
für Gaben, die ich vorher nicht mal *sah,*
von denen ich kaum ab und an was *hörte:*

„Ob diese Stiefel wohl des Dieners Söhnchen
zu klein sind? Nun, so kriegt sie der Chauffeur
für seinen Jüngsten!"
Und ich wende ein –
(ganz streng vor Stolz, dass ich dies Faktum weiß!):
„Ja, aber Richards Junge ist mein Patchen."

O weh, schon wieder etwas nicht bedacht!

„Barbar! Und Emils Junge etwa nicht?!"

Dann heißt es plötzlich: „Bitte, steh mal auf,
mein liebster Mann, da grade niemand hier ist,
du hast vom Kutscher Hermann die Figur,
ich muss mal sehn, ob ihm die Jacken passen!"

Und so wird überlegt in wochenlanger
aufopfrungsfroher Liebe jede Gabe
für die Beamten, Vögte, Leute, Arme
und ihre Fraun und Kinder meistens auch,
bis endlich unser Haus ein Warenlager
von tausend Dingen, die nach Kaufhaus riechen.

Unweigerlich hat bei uns eine jede
Bescherung ihren hergebrachten Raum,
und eher wohl erwartete ein Vogt,
den Harz plötzlich im Pleißental zu finden
als sein Geschenk auf ungewohntem Platz.

Die *Rüdigsdorfer* in der Billardhalle,
wo dieses Riesenmöbels Urweltformen
das einz'ge Mal im Jahre Dienst versehn.
Die *Knechte* im Kontor der Wirtschaft drüben, –
(ach, unvergesslich ist der breiten Hände
holzharter Druck in seiner Dankbarkeit!),
die *Vögte* finden in der Garderobe,
die *Armen* nebenan im kleinen Ess-Saal
alljährlich ihren Platz, und andre kommen
den ganzen Tag, – vorzüglich gegen Abend –
um sich verschämt im halben Dämmerlicht
der Treppenhalle ihr Paket zu holen.
Die *Herren* aber wissen jedes Jahr
im eignen Zimmer ihre liebe Herrin
und deren milde Hände aufzufinden.
So geht's treppauf, treppab zwei Tage lang,
bis dann am vierundzwanzigsten das Werk
fürs eigne Haus endlich beginnen kann.

Nun spielen wir die „Abschieds-Sinfonie",
da, wie bei dieser, einer nach dem andern
der treuen Helfer uns verlassen muss,
um abends möglichst überrascht zu sein.

Vorläufig freilich geht's noch bienenhaft
in tücht'ger Arbeit an den Tischen zu.
Der Kandidat, als unser Gottesmann,
bekommt die Krippe untern Baum zu bauen.
Ein schwierig Werk, – er stöhnt bei jedem Schäfchen
des abgebrochnes Bein ihn zwingt, es tief
in Palästinas grünes Moos zu stecken.

Inzwischen plagt sich die Erzieherin,
die ganze Sächsische Eisenbahnverwaltung
nebst Bahnnetz auf den Teppich aufzustellen, –
das „Kling-Klong" ihrer winzigen Glockensäulen
klingt ab und zu ins allgemeine Chaos.
Die Leute tragen Tische her inzwischen,
und wir bestimmen jedes Jahr aufs Neue
die Plätze, – um am Ende jedes Mal
doch auf die alten Plätze abzukommen:
Die Diener hier, – die Jungfern dort, – und da
ein niedriger für Börries, – und wir zwei,
ja, für uns beide bleibt der Flügel stets.

Die Leute gehn, – wir kramen ihre Tische
bedachtsam auf, denn Ungerechtigkeit
am Heiligen Abend wäre Sünde ja!
Dann gehn Erzieher und Erzieherin,
und schließlich bin ich ganz allein im Raum
und schmücke ihren Platz der liebsten Frau,
rück immer wieder Lottens Handarbeit
und Friedels Schnitzerei und Börries' Zeichnung,
versuche, ob die Spitze hübscher *hängt*,
ob sie im *Liegen* auf der weißen Seide
gefälliger sich ausnimmt, – ach, es tut

die Liebe sich im Kleinsten nie genug!
Doch schon klopft Richard mahnend an die Türe,
um mich zum Kirchgang festlich anzuziehn. –

Im Schlitten eingepackt, so klingeln wir
den steilen Dorfweg aufgeregt hinunter.
Wie atmet würzig sich die kalte Luft
und friert am Pelz des Kragens weiß zu Reif,
wie schnaubt der Pferde Atem durch den Abend,
dass durch ihn her die Lichter aus den Fenstern
mit großen Höfen durch das Dunkel glänzen!

Und dann der stille Weihnachtsgottesdienst
in unsrer Prieche liebem Dämmerraum!
Von der Vertäflung grüßt der Ahn herab
zum jüngsten Sprossen seines Hauses, der
mit den Geschwistern strahlend hellen Auges
die alten Wunder-Lieder selig singt.

Wir beiden Alten gucken währenddem
die blonde Reihe glückverklärt hinunter,
im Muffe falten wir in eins die Hände,
und beide können wir auf einmal kaum
des Liedes Wortlaut mehr im Buch erkennen. –

Gut, dass wir „O du selige Weihnachtszeit!"
auch ohnedem von Herzen *fühlen* können!

Die Heimfahrt geht den Kindern viel zu langsam,
und erst die qualvoll lange Viertelstunde,
bis unser alter Hermann ausgespannt,
und seine Pferde wohlversorgt im Stall!

Doch endlich ist der Hausstand voll versammelt
im Kinderzimmer, und im engsten Kreis
klingen die alten Lieder doppelt fromm:
„Es ist ein Ros entsprungen“, „O du selige“
und „Stille Nacht“ und auch das Kinderlied,
das „Morgen, Kinder, wird's was geben“, das
an diesem Abend tapfer umgedichtet
in „*Heute,* Kinder“ aus den Kehlen schallt!
Dann lese ich das Evangelium vor,
und während noch die andern weitersingen,
brenn ich die Lichter unsres Baumes an, –
zum letzten Mal allein, – und dann die Klingel!

Ja endlich, endlich schallt die Messingglocke
mit den Aposteln, die das ganze Jahr
nur etwa mal erklingt, wenn eins der Kinder
verträumten Aug's im Juli wissen will,
wie es am Heiligen Abend war, und wie
es wieder werden wird, – und ruft sie her!

Weit offen stehn die Türen, Lichterglanz
stürzt jäh heraus, und in der Strahlenflut
kommt feierlich und etwas ängstlich fast
der Kleinste her, der heut als Erster geht,
und hinterdrein die andern Lieben alle.

„O Papa, sieh mal, eine Eisenbahn!“

Und Glück und Fröhlichkeit und Lärmen rings!

Hier prüfen sachverständige Mädchenhände
den Stoff des neuen Winterkleides, dort
probiert das Fräulein still die Armbanduhr,
der Wagenführer liegt schon auf den Knien,
um eine Kletterweiche einzustellen
(denn bester Freund des Kleinsten ist er ja!),
Lotte legt selig sich ein Kettchen um
den schlanken Hals, und Friedel blättert gleich
im letzten Band vom Neuen Universum.
So geht ein Stündchen hin, vom Nebenzimmer
her duftet schon der heiße Punsch verführend
und klirrt Geschirr vom abendlichen Decken,
– ein Karpfen ist kanonisch da bei uns! –

In all der frohen Unruh aber stehen
am Flügel zwei, die sich ins Auge sehen
und wissen, dass der schönsten Lebensstunden
an diesem Abend eine hergefunden
in dieses Haus und unter diesen Baum, –
das Leben rinnt, sie aber wissen's kaum.

Du liebste Frau! Gott geb dem Glück Bestand!
Und Auge liegt in Auge, Hand in Hand.

Börries von Münchhausen

F. B. Doubek, Weihnachtsabend in der Gründerzeitfamilie

Eine Weihnacht

Vorab einen kurzen autobiografischen Prolog. Meine Mutter, eine ausnehmend intelligente Person, war das schönste Mädchen in Alabama. Das sagten alle, und es war auch wahr; und als sie sechzehn wurde, heiratete sie einen achtundzwanzigjährigen Geschäftsmann, der aus guter Familie in New Orleans kam. Die Ehe dauerte ein Jahr. Meine Mutter war zu jung, um Mutter sein zu können oder Ehefrau; sie hatte auch zuviel Ehrgeiz - sie wollte aufs College und Karriere machen. Folglich verließ sie ihren Mann; und was mich betraf, so löste sie das Problem, indem sie mich der Obhut ihrer großen Familie in Alabama anvertraute. Jahrelang bekam ich von meinen Eltern nur selten etwas zu sehen. Mein Vater war in New Orleans beschäftigt, und meine Mutter brachte es, nachdem sie ihr Abschlussexamen am College bestanden hatte, auf eigenen Füßen in New York zu Erfolg.

Soweit ich betroffen war, hatte diese Situation gar nichts Unangenehmes. Ich war glücklich, wo ich aufwuchs. Ich hatte viele liebe Verwandte, Tanten und Onkel, Vettern und Cousinen, und besonders lieb war mir *eine* Cousine, eine ältere, weißhaarige, leicht verkrüppelte Frau namens Sook. Fräulein Sook Faulk. Ich hatte auch noch andere Freunde und Freundinnen, aber sie war bei Weitem meine beste.

Sook war es auch, die mir vom Weihnachtsmann erzählte, von seinem wallenden Bart, seinem roten Mantel, seinem klingelnden, mit Geschenken beladenen Schlitten, und ich glaubte ihr, genauso wie ich glaubte, dass alles Gottes Wille war - oder des Herrn Wille, wie Sook immer sagte. Ob ich mir die Zehen stieß oder vom Pferd fiel oder einen großen Fisch fing im Bach - nun, ob gut oder schlimm, es war alles des Herrn Wille. Und eben das sagte Sook auch, als sie die Schreckensnachricht aus New Orleans bekam: Mein Vater wünschte, dass ich zu ihm fuhr, um die Weihnachtstage bei ihm zu verleben.

Ich weinte. Ich wollte nicht weg. Ich war noch nie aus der kleinen, abgelegenen Stadt in Alabama hinausgekommen, umgeben von Wäldern, Farmen und Flüssen. Ich war noch nie schlafen gegangen, ohne dass Sook mir mit dem Kamm ihrer Finger durchs Haar fuhr und mir den Gutenachtkuss gab. Dann hatte ich auch Angst vor Fremden, und mein Vater war ein Fremder. Ich hatte ihn wohl mehrmals gesehen, aber die Erinnerung daran lag wie unter einem Schleier; ich hatte keine Ahnung, was für ein Mensch er war. Aber Sook sagte: „Es ist des Herrn Wille. Und wer weiß, Buddy, vielleicht kriegst du Schnee zu sehen!"

Schnee! Bis ich selber lesen konnte, las Sook mir immer viele Geschichten vor, und in fast allen gab es jede Menge Schnee. Wirbelnde, blendend weiße Märchenflocken. Ich träumte davon; sie waren etwas Magisches und Geheimnisvolles, das ich gern sehen wollte und fühlen und anfassen. Natürlich hatte ich nie Gelegenheit dazu gehabt, so wenig wie Sook; wie konnten wir auch, wo wir in einer so heißen Gegend lebten wie Alabama? Ich weiß nicht, warum sie meinte, ich würde in New Orleans Schnee zu sehen bekommen, denn

New Orleans ist ja eher noch heißer. Nun, egal. Sie versuchte einfach, mir Mut zu machen für die Reise.
Ich bekam einen neuen Anzug. Auf dem Revers war eine Karte befestigt, darauf standen mein Name und meine Adresse. Das war für den Fall, dass ich abhanden kam. Denn sehen Sie, ich musste die Reise doch alleine machen. Mit dem Bus. Nun, und alle waren der Ansicht, dass mir mit so einem Schildchen nichts passieren könnte. Alle außer mir selbst. Ich hatte eine Heidenangst – und eine Wut dazu. Wut auf meinen Vater, diesen Fremden, der mich zwang, mein schönes Zuhause zu verlassen und die Weihnachtstage fern von Sook zu verbringen.
Die Entfernung betrug vierhundert Meilen, ungefähr. Mein erster Aufenthalt war in Mobile. Da musste ich umsteigen, und dann ging es endlos durch sumpfige Gegenden und an der Meeresküste entlang, bis wir in einer Stadt ankamen, in der es nur so klingelte von Straßenbahnen und wimmelte von gefährlichen, fremdländisch aussehenden Leuten. Das war New Orleans.
Und urplötzlich, kaum dass ich aus dem Bus gestiegen war, riss mich ein Mann in die Arme und quetschte mich, dass mir die Luft wegblieb; er lachte, er weinte – ein hochgewachsener, gutaussehender Mann, der lachte und weinte. Er sagte: „Kennst du mich denn nicht? Erkennst du deinen Papi denn nicht wieder?"
Ich war sprachlos. Ich brachte kein Wort heraus, bis wir schon eine ganze Weile in einem Taxi fuhren; da fragte ich: „Wo liegt er?" „Was, wer – das Haus? Es ist nicht mehr weit."
„Nicht das Haus. Der Schnee."
„Was für Schnee denn?"

„Ich dachte, hier liegt jede Menge Schnee."
Er sah mich verdutzt an, aber dann lachte er.
„Schnee hat's noch nie gegeben in New Orleans. Jedenfalls hab' ich nie davon gehört. Aber spitz mal die Ohren. Hörst du den Donner? Es gibt mit Sicherheit noch Regen!"
Ich weiß nicht, was mich am meisten ängstigte, der Donner, das zischende Zickzack der Blitze, denen er folgte – oder mein Vater. Am Abend, als ich zu Bett ging, regnete es immer noch. Ich sagte meine Gebete auf und betete, dass ich bald wieder zu Hause wäre, bei Sook. Ich wusste nicht, wie ich überhaupt einschlafen sollte, ohne dass Sook mir den Gutenachtkuss gab. Tatsächlich konnte ich auch nicht einschlafen, und so fing ich an, mir Gedanken zu machen, was mir der Weihnachtsmann wohl bringen würde. Ich wünschte mir ein Messer mit einem perlenbesetzten Griff. Und ein großes Puzzlespiel. Einen Cowboyhut mit passendem Lasso. Und ein Luftgewehr zum Spatzenschießen. (Jahre später, als ich dann wirklich ein Luftgewehr hatte, schoss ich eine Spottdrossel und eine virginische Wachtel, und ich vergesse nie die Reue, die mich befiel, die tiefe Bekümmerung; ich habe nie wieder etwas getötet, und jeder Fisch, den ich fing, flog zurück ins Wasser.) Und einen Kasten Buntstifte wünschte ich mir. Und vor allen Dingen ein Radio; aber ich wusste, das war unmöglich: Ich kannte keine zehn Leute, die ein Radio besaßen. Sie müssen bedenken, es war die Zeit der Depression, und da unten im tiefen Süden gab es nur ganz selten mal ein Haus, das mit einem Radio oder Kühlschrank ausgerüstet war.

Mein Vater hatte beides. Er schien überhaupt alles zu haben, ein Auto mit einem Klappsitz hinten, ganz zu schweigen von dem hübschen kleinen alten rosa Haus im Französischen Viertel, mit seinen schmiedeeisernen Balkonen und dem verschwiegenen Patio-Gärtchen, bunt schillernd von Blumen und gekühlt von einem Springbrunnen in Gestalt einer Wassernixe. Außerdem hatte er ein halbes Dutzend - ich würde sagen, ein ganzes Dutzend - Freundinnen. Wie meine Mutter hatte auch mein Vater nicht wieder geheiratet; aber beide wurden entschieden umschwärmt und gingen schließlich, ob freiwillig oder nicht, den Weg zum Altar - mein Vater tatsächlich sechsmal.
Woraus Sie sehen können, dass er Charme gehabt haben muss; und in der Tat schien er auch die meisten Leute zu bezaubern - alle nämlich außer mich. Das lag daran, dass er mir eher auf die Nerven ging, weil er mich unentwegt zu seinen Freunden mitschleifte, von seinem Bankier angefangen bis hin zu dem Barbier, der ihn jeden Tag rasierte. Und natürlich zu seinen sämtlichen Freundinnen. Und das Schlimmste war: die ganze Zeit tätschelte und küsste er mich ab und gab mit mir an. Ich fühlte mich so verlegen wie nur was. Schließlich hatte ich nichts an mir, womit man hätte angeben können. Ich war ein richtiger Junge vom Lande. Ich glaubte an den Herrn Jesus und sagte gläubig meine Gebete auf. Ich wusste, dass es den Weihnachtsmann gab. Und zu Hause in Alabama trug ich nie Schuhe, außer wenn ich zur Kirche ging, im Winter wie im Sommer.
Es war die reinste Quälerei, wie ich jetzt durch die Straßen von New Orleans geschleppt wurde - in meinen

neuen festgeschnürten, höllisch heißen, bleischweren Schuhen. Aber ich weiß nicht, was schlimmer war - die Schuhe oder das Essen. Ich war gebratene Hähnchen gewöhnt und Kohlgemüse und Butterbohnen und Maisbrot und andere tröstliche Sachen. Aber diese Restaurants hier in New Orleans! Nie werde ich meine erste Auster vergessen; es war wie ein Alptraum, als sie mir die Kehle hinunterglitt; es hat Jahrzehnte gedauert, bis ich wieder eine geschluckt habe. Und dann die ganze scharf gewürzte kreolische Küche - wenn ich nur daran denke, bekomme ich Sodbrennen. Ach nein, ich sehnte mich nach Plätzchen, warm aus dem Ofen, nach Milch, frisch von der Kuh, und nach hausgemachtem Sirup, direkt aus dem Eimer.

Mein armer Vater hatte keine Ahnung, wie elend mir zumute war, teils weil ich's ihn nie sehen ließ und es ihm gewiss nie sagte, teils weil er es gegen den Einspruch meiner Mutter fertiggebracht hatte, für die Dauer dieser Weihnachtsferien das gesetzliche Sorgerecht für mich zu bekommen. Immerfort bohrte er: „Sag mal ganz ehrlich: Willst du nicht für immer herkommen und hier bei mir leben in New Orleans?"

„Ich kann nicht."

„Was meinst du damit - du kannst nicht?"

„Ich vermisse Sook. Ich vermisse auch Queenie; wir haben einen kleinen Drahthaarterrier, ein lustiges Dingelchen. Aber wir haben es beide lieb."

„Hast du mich denn nicht lieb?", fragte er.

Ich sagte: „Doch."

Aber die Wahrheit war, über Sook hinaus und Queenie und ein paar Vettern und Cousinen und ein Bild

von meiner schönen Mutter neben meinem Bett hatte ich keine Ahnung, was Liebhaben hieß. Ich fand es bald heraus.
Am Tag vor Weihnachten, als wir die Canal Street entlanggingen, blieb ich auf einmal wie angewurzelt stehen, gebannt von einem magischen Gegenstand, den ich im Schaufenster eines großen Spielzeugladens erblickte. Es war ein Modellflugzeug, groß genug, dass man drin sitzen konnte, und mit Pedalen wie bei einem Fahrrad. Es war grün und hatte einen roten Propeller. Ich war überzeugt, dass es, wenn man nur schnell genug trampelte, abheben würde und fliegen! Das wäre eine Sache gewesen! Ich sah im Geiste schon meine Vettern und Cousinen unten am Boden stehen, während ich durch die Wolken segelte. Von wegen Bübchen! Ich musste lachen; ich lachte und lachte. Es war das erste Mal, dass ich etwas tat, was meinen Vater zuversichtlich stimmte, obwohl er gar nicht wusste, was mir so lustig vorkam.
An dem Abend betete ich, dass der Weihnachtsmann mir doch das Flugzeug bringen möchte.
Mein Vater hatte bereits einen Weihnachtsbaum gekauft, und wir stöberten stundenlang im Kaufhaus und suchten die Sachen aus, mit denen wir ihn schmücken wollten. Dann beging ich einen Fehler. Ich stellte das Bild meiner Mutter unter den Baum. Mein Vater sah es, wurde im selben Moment kreideweiß und fing an zu zittern. Ich wusste nicht, was ich machen sollte. Aber er wusste es. Er ging an einen Schrank und nahm ein großes Glas und eine Flasche heraus. Ich erkannte die Flasche, weil alle meine Onkels in Alabama eine Menge von der gleichen Art hatten. Prohibitions-

Fusel. Er füllte das große Glas und trank es auch, fast ohne abzusetzen. Danach war es, als sei das Bild verschwunden.

Und so wartete ich auf den Heiligen Abend und auf die immer aufregende Ankunft des dicken Nikolaus. Natürlich hatte ich nie gesehen, wie so ein klingelnder und wohlbeleibter Riese durch den Kamin gefahren kam und seine guten Gaben unter dem Weihnachtsbaum verteilte. Mein Vetter Billy Bob, der ein tückischer kleiner Knirps war, aber ein Köpfchen hatte wie eine eiserne Faust, der sagte einmal, das wäre alles ein ausgemachter Schwindel, und so einen Mann, den gäb's überhaupt nicht.

„Ach du dickes Ei!", rief er. „Wer an den Weihnachtsmann glaubt, dem kann man auch weismachen, dass ein Esel ein Pferd ist!" Unser Streit fand auf dem winzigen Rathausplatz statt.

Ich sagte: *„Es gibt einen Weihnachtsmann, denn was er macht, das ist des Herrn Wille, und was des Herrn Wille ist, das ist die Wahrheit."*

Worauf Billy Bob nur ausspuckte und mit den Worten davonschritt: „Na schön, sieht so aus, als hätten wir einen neuen Pastor in der Familie."

Ich schwor mir immer, nicht einzuschlafen am Heiligabend; ich wollte das stolze Tänzeln der Rentiere auf dem Dach hören und rechtzeitig unten am Kamin stehen, um dem Weihnachtsmann die Hand zu geben. Und an diesem speziellen Heiligabend konnte, so dachte ich mir, nichts leichter sein, als wach zu bleiben.

Das Haus meines Vaters hatte drei Geschosse und sieben Zimmer, einige davon sehr groß, besonders die drei, die auf den Patio-Garten hinausgingen: ein Wohnzimmer, ein Esszimmer und ein „Musikzimmer" – das letztere für Leute, die gern tanzen und Karten spielen wollten. Die beiden Stockwerke oben hatten umgitterte Balkone, deren dunkelgrüne eiserne Kniffligkeiten durchrankt waren von Bougainvillea und den sich kräuselnden Reben der scharlachroten Spinnen-Ragwurz – einer Pflanze, die aussieht wie ein Gewimmel von Eidechsen, die ihre roten Zungen schnellen lassen. Es war ein Haus, das sich sehen lassen konnte: lackierte Böden – hier ein paar Korbmöbel, dort etwas Samt. Man hätte es fälschlich für das Haus eines reichen Mannes halten können; es war aber eher die Wohnung eines Menschen, der ein Bedürfnis nach Eleganz hatte. Für den armen (aber glücklichen) barfüßigen Jungen aus Alabama blieb es ein Rätsel, wie er es fertigbrachte, dieses Verlangen zu befriedigen.

Für meine Mutter freilich war das kein Rätsel; sie wusste nach dem Abgang vom College ihre Magnolien-Gelüste voll auszuleben, indem es ihr in New York immer wieder gelang, einen passenden Verlobten zu finden, der sich Sutton-Place-Apartments und Zobelmäntel leisten konnte. Nein, meines Vaters Ressourcen waren ihr durchaus vertraut, obwohl sie erst viele Jahre später davon sprach, lange nachdem sie sich in den Besitz diverser Perlenketten gebracht hatte, die an ihrem zobelumhüllten Hals glänzten.

Sie war zu mir zu Besuch gekommen, in das snobistische Internat in New England, in das sie mich (auf Kosten ihres reichen und freigebigen Ehemannes) gegeben hatte, und da hatte ich wohl irgend etwas gesagt, was sie in Wut brachte; jedenfalls schrie sie mich an:

„Dann weißt du wohl nicht, woher sein bequemes Leben kommt? Wieso er Yachten chartern und zwischen den griechischen Inseln kreuzen kann? Seine *Weiber!* Überleg mal, was *das* für eine lange Kette gibt! Alles Witwen. Alle reich. *Sehr* reich. Und alle viel älter als er. Zu alt zum Heiraten für jeden jungen Mann, der noch einigermaßen klar im Kopf ist. Deshalb bist du auch sein einziges Kind. Und deshalb auch werde ich nie ein zweites Kind haben - ich war zu jung, um überhaupt Babys zu kriegen, aber er war ein Biest, ein Monstrum, er hat mich zugrunde gerichtet, er hat mich ruiniert ...!"

Ein Gigolo, he, wo immer ich geh, da starren die Leute mich an ... O der Mond, o der Mond über Miami ... Dies ist mein erstes Verhältnis, also sei nett zu mir ... He, Mister, ha'm Se nich 'n kleenen Zehner für mich?... Ein Gigolo, he, wo immer ich geh, da starren die Leute mich an ...

Die ganze Zeit, während sie sprach (und ich versuchte, nicht hinzuhören, denn indem sie mir erzählte, dass meine Geburt sie zugrunde gerichtet hätte, richtete *sie* mich zugrunde) - die ganze Zeit schwirrten mir diese Melodien durch den Kopf, diese oder ähnliche. Sie halfen mir, nicht hinzuhören, und sie erinnerten mich an die seltsame, gespenstische Party, die mein Vater an jenem Heiligabend in New Orleans gegeben hatte.

Im Patio brannten überall Kerzen, genauso auch in den drei Zimmern, die an ihn grenzten. Die meisten Gäste waren im Wohnzimmer versammelt, wo ein gedämpftes Feuer im Kamin den Weihnachtsbaum glitzern ließ; aber viele andere tanzten im Musikzimmer und im Patio nach den Klängen eines aufziehbaren Grammofons. Nachdem ich den Gästen vorgestellt worden war, mit viel Aplomb und Getue, wurde ich nach oben geschickt; aber von dem Söller vor der Jalousietür meines Schlafzimmers konnte ich die ganze Party beobachten. Ich sah, wie mein Vater eine graziöse Dame im Walzer um das Bassin schwenkte, das den Wassernixenbrunnen umgab. Sie hatte wirklich Grazie und trug ein silbriges Flitterkleid, das im Kerzenlicht schimmerte; aber sie war alt – mindestens zehn Jahre älter als mein Vater, der damals fünfunddreißig war.

Mir wurde plötzlich bewusst, dass mein Vater bei Weitem der Jüngste war auf dieser ganzen Party. Keine der Damen, so bezaubernd sie auch wirkten, war jünger als die biegsame Walzertänzerin. Dasselbe galt für die Männer, von denen viele süßlich duftende Havannazigarren rauchten; gut jeder zweite von ihnen war alt genug, dass er der Vater meines Vaters hätte sein können. Dann sah ich etwas – das riss mir die Augen auf. Mein Vater und seine agile Partnerin hatten sich in eine Nische getanzt, die von scharlachroter Spinnen-Ragwurz überschattet wurde; und sie umarmten sich, küssten sich. Ich war so verwirrt, ich war so *zornig* darüber, dass ich in mein Schlafzimmer zurücklief, ins Bett sprang und mir die Decke über den Kopf zog. Was wollte mein so schöner junger Vater mit einer alten Frau wie der! Und warum gingen alle diese Leute da unten nicht endlich nach Hause, damit der Weihnachtsmann kommen konnte? Ich lag noch stundenlang wach und lauschte, dass sie gingen, und endlich sagte mein Vater das letzte Mal gute Nacht, und ich hörte ihn die Treppe heraufkommen und leise die Tür aufmachen, um einen Blick auf mich zu werfen; ich tat aber so, als ob ich schlief.

Dann passierte Verschiedenes, was mich die ganze Nacht wachhielt. Zuerst die Schritte, die Geräusche meines Vaters, der immerzu die Treppe herauf- und hinunterlief und dabei schwer atmete. Ich musste unbedingt sehen, was er da vorhatte. Also versteckte ich mich auf dem Söller unter der Bougainvillea. Von dort aus konnte ich alles übersehen, das ganze Wohnzimmer, den Weihnachtsbaum und den Kamin, in dem immer noch ein mattes Feuer brannte. Dazu konnte ich auch meinen Vater sehen. Er kroch unter dem Baum herum und baute dort eine Pyramide von Paketen auf. Da sie in Seidenpapier eingewickelt waren, purpurnes, rotes und goldenes, weißes und blaues, raschelten sie, wenn er sie herumschob. Mir war fast schwindlig, denn was ich da sah, zwang mich, alles gründlich zu überdenken.

Wenn das Geschenke waren, für mich bestimmt, dann waren sie offenbar nicht von Gott dem Herrn bestellt worden und vom Weihnachtsmann geliefert; nein, es waren Geschenke, gekauft und eingepackt von meinem Vater! Was wiederum bedeutete, dass mein ekliger kleiner Vetter Billy Bob und andere eklige Mitkinder nicht gelogen hatten, als sie mich verspotteten und behaupteten, es gebe keinen Weihnachtsmann. Der schlimmste Gedanke aber war: Hatte Sook die Wahrheit gewusst und mich angelogen? Nein, Sook nicht, Sook hätte das nie und nimmer getan. Sie *glaubte*. Sie hatte ganz einfach – nun, obwohl sie schon an die sechzig Jahre zählte, war sie in mancher Hinsicht ein ebenso großes Kind wie ich.

Ich blieb auf meinem Ausguck, bis mein Vater seine Plackerei beendet und die wenigen Kerzen, die noch brannten, ausgeblasen hatte. Ich wartete noch, bis ich die Gewissheit hatte, dass er zu Bett gegangen und fest eingeschlafen war. Dann schlich ich mich leise nach unten ins Wohnzimmer, das immer noch nach Gardenien und Havannazigarren roch.

Dort setzte ich mich hin und dachte: Nun werde *ich* es sein müssen, der Sook die Wahrheit sagt. Wut kam in mir hoch und breitete sich aus, eine unheimliche Gehässigkeit. Sie richtete sich nicht gegen meinen Vater, obwohl er ihr Opfer werden sollte.

Als die Dämmerung kam, untersuchte ich die Schildchen, die an den einzelnen Paketen hingen. Auf allen stand: „Für Buddy". Nur eins hatte die Aufschrift: „Für Evangeline". Evangeline war eine ältliche farbige Frau, die den ganzen Tag Coca-Cola trank und drei Zentner wog; sie führte meinem Vater den Haushalt – und bemutterte ihn auch. Ich beschloss, die Päckchen zu öffnen. Es war Weihnachtsmorgen, ich war schon wach, also warum nicht? Nun will ich nicht mit der Beschreibung langweilen, was alles drin war, bloß Hemden, Pullover und anderes ödes Zeug. Das einzige, was mir wirklich gefiel, war eine klasse Spielzeugpistole mit Ballerplättchen. Und irgendwie kam mir der Einfall, es wäre doch ein Mordsspaß, wenn ich meinen Vater damit weckte. Also feuerte ich sie ab: *Peng! Peng! Peng!*

Er kam ins Zimmer gerast, mit wilden Augen.

Peng! Peng! Peng!

„Buddy – was zum Teufel nochmal versprichst du dir davon?"

Peng! Peng! Peng!

„Hör auf damit!"

Ich lachte. „Schau doch mal, Papi. Sieh mal all die wunderschönen Sachen, die der Weihnachtsmann mir gebracht hat!"
Er beruhigte sich, kam ins Wohnzimmer herein und nahm mich in den Arm.
„Gefällt dir denn, was der Weihnachtsmann dir gebracht hat?"
Ich lächelte ihn an. Er lächelte zurück. Es war ein zarter, schwebender Augenblick, der aber sofort in Stücke ging, als ich sagte:
„Ja. Aber was krieg' ich denn von *dir* geschenkt, Papi?"
Sein Lächeln verflog. Seine Augen verengten sich argwöhnisch – man sah direkt, dass er dachte, ich würde ihn irgendwie auf den Arm nehmen. Aber dann wurde er rot, ganz als schämte er sich des Gedankens, den er gehabt hatte. Er tätschelte mir den Kopf, hüstelte etwas und sagte dann: „Nun, ich hab' mir gedacht, ich lasse dich selber aussuchen, was du gerne willst. Hast du vielleicht einen besonderen Wunsch?"
Ich erinnerte ihn an das Flugzeug, das wir in dem Spielzeugladen an der Canal Street gesehen hatten. Er machte ein langes Gesicht. Oh, ja, er erinnerte sich – an das Flugzeug und an seinen hohen Preis. Gleichviel, am nächsten Tag saß ich in meinem Flugzeug und träumte mich in die Wolken, während mein Vater einem strahlenden Händler einen Scheck ausschrieb. Wegen des Transports nach Alabama hatte es noch eine kleine Debatte gegeben, aber ich blieb hart – ich bestand darauf, dass es mit mir im Bus reisen müsse, den ich am Nachmittag um zwei nehmen sollte. Der Händler arrangierte das mit einem Anruf bei den Verkehrsbetrieben, die sagten, das ließe sich alles ganz leicht machen.

Aber ich hatte New Orleans noch nicht hinter mir. Das Problem war eine große silberne Fuselflasche; vielleicht lag es ja an meiner Abreise, jedenfalls hatte mein Vater diese Flasche schon den ganzen Tag an den Mund gesetzt, und auf dem Weg zur Bus-Station erschreckte er mich mit einem harten Griff um mein Handgelenk und den heiser geflüsterten Worten:

„Ich lasse dich nicht weg. Ich kann dich nicht wieder zu dieser irren Familie zurückfahren lassen, in dieses irre alte Haus. Schau doch bloß, was sie mit dir gemacht haben. Ein sechsjähriger Junge, fast sieben, und glaubt noch an den Weihnachtsmann! Es ist alles *ihre* Schuld – all diese säuerlichen alten Jungfern mit ihren Bibeln und ihren Stricknadeln – und dann die versoffenen Onkels! Jetzt hör mir mal gut zu, Buddy. Es gibt keinen Gott! Es *gibt* auch keinen Weihnachtsmann!" Er quetschte mein Handgelenk so heftig, dass es mir wehtat. „Manchmal, o mein Gott, denke ich, deine Mutter und ich, wir beide müssten uns aufhängen dafür, dass wir's so weit haben kommen lassen …!" (Zwar hat dann er sich nicht umgebracht, aber meine Mutter: sie ging den Seconal-Weg, vor jetzt dreißig Jahren.)

„Gib mir einen Kuss. Bitte. Bitte! Gib mir einen Kuss! Sag deinem Papi, dass du ihn liebhast!"

Aber ich konnte nicht sprechen. Ich hatte eine Heidenangst, dass ich den Bus verpassen könnte. Und ich machte mir Sorgen um mein Flugzeug, das auf dem Dach des Taxis festgebunden war.

„Sag's: ‚Ich hab … dich lieb.' Sag es. Bitte. Buddy. Sag es!"

Zu meinem Glück war unser Taxifahrer ein gutherziger Mann. Denn wenn seine Hilfe nicht gewesen wäre und die Hilfe von ein paar zupackenden Gepäckträgern und von einem freundlichen Polizisten, ich weiß nicht, was passiert wäre, als wir bei der Station ankamen. Mein Vater war so wacklig auf den Beinen, dass er kaum gehen konnte, aber der Polizist sprach beruhigend auf ihn ein und stützte ihn, und der Taximann versprach, ihn sicher wieder zu Hause abzuliefern. Mein Vater wollte freilich nicht weg, bevor er gesehen hatte, dass ich mithilfe der Träger gut im Bus untergebracht war.

Kaum war ich im Bus, so verkroch ich mich in meinem Sitz und schloss die Augen. Ich spürte den allerseltsamsten Schmerz. Einen zermalmenden Schmerz, der überall wehtat. Ich dachte, wenn ich vielleicht die schweren Stadtschuhe auszog, diese marternden Ungeheuer, dann würde mir leichter sein. Ich zog sie aus, aber der geheimnisvolle Schmerz verließ mich nicht. Eigentlich hat er mich nie wieder verlassen.

Zwölf Stunden später lag ich zu Hause im Bett. Das Zimmer war dunkel. Sook saß neben mir, schaukelnd in einem Schaukelstuhl, und das Geräusch, das er machte, klang lindernd und besänftigend wie das Rauschen des Meeres. Ich hatte ihr alles zu erzählen versucht, was geschehen war, und erst innegehalten, als ich heiser war wie ein heulender Hund. Sie strich mir mit den Fingern durchs Haar und sagte:

„Aber natürlich gibt es einen Weihnachtsmann. Nur ist es einfach so, dass kein einzelnes Wesen allein das alles machen könnte, was er machen muss. Deshalb hat der Herr die Aufgabe auf uns alle verteilt. Und deshalb ist jeder von uns der Weihnachtsmann. Ich bin's. Und du bist es auch. Sogar dein Vetter Billy Bob ist es. Jetzt leg dich mal schlafen. Zähl die Sterne. Denk an ganz stille Sachen. Zum Beispiel den Schnee. Es tut mir leid, dass du keinen zu sehen gekriegt hast. Aber jetzt fällt er in den Sternen …" Die Sterne funkelten, Schnee wirbelte mir durch den Kopf; das letzte, an das ich mich noch erinnern konnte, war die friedvolle Stimme des Herrn, die mir etwas mitteilte, was ich tun müsste.

Und am nächsten Tag tat ich es. Ich ging mit Sook zum Postamt und kaufte eine Penny-Postkarte. Diese Karte existiert heute noch. Sie wurde im Bankschließfach meines Vaters gefunden, als er letztes Jahr starb. Und hier ist, was ich ihm geschrieben hatte:

Hallo Pappi, hoffendlich geht es dir gut, mir geht es prihma und ich kann mein Fluchzeuch schon so schnell treten, das ich bestirnt bald am Himmel fliege, deshalb kuck bitte immer nach oben, ja und ich hab dich lieb, dein Buddy.

Truman Capote

Ich steh an deiner Krippe hier

Ich steh an deiner Krippe hier,
o Jesu, du mein Leben.
Ich komme, bring und schenke dir,
was du mir hast gegeben.
Nimm hin, es ist mein Geist und Sinn.
Herz, Seel und Mut, nimm alles hin
und lass dir's wohl gefallen.

Da ich noch nicht geboren war,
da bist du mir geboren
und hast mich dir zu eigen gar,
eh ich dich kannt, erkoren.
Eh ich durch deine Hand gemacht,
da hast du schon bei dir bedacht,
wie du mein wolltest werden.

Ich lag in tiefster Todesnacht,
du warest meine Sonne,
die Sonne, die mir zugebracht
Licht, Leben, Freud und Wonne.
O Sonne, die das werte Licht
des Glaubens in mir zugericht',
wie schön sind deine Strahlen.

Ich sehe dich mit Freuden an
und kann mich nicht sattsehen;
und weil ich nun nichts weiter kann,
bleib ich anbetend stehen.
O dass mein Sinn ein Abgrund wär
und meine Seel ein weites Meer,
dass ich dich möchte fassen!

Paul Gerhardt

Geburt Christi

Hättest du der Einfalt nicht, wie sollte
dir geschehn, was jetzt die Nacht erhellt?
Sieh, der Gott, der über Völkern grollte,
macht sich mild und kommt in dir zur Welt.

Hast du dir ihn größer vorgestellt?

Was ist Größe? Quer durch alle Maße,
die er durchstreicht, geht sein grades Los.
Selbst ein Stern hat keine solche Straße.
Siehst du, diese Könige sind groß,

und sie schleppen dir vor deinen Schoß

Schätze, die sie für die größten halten,
und du staunst vielleicht bei dieser Gift –:
aber schau in deines Tuches Falten,
wie er jetzt schon alles übertrifft.

Aller Amber, den man weit verschifft,

jeder Goldschmuck und das Luftgewürze,
das sich trübend in die Sinne streut:
alles dieses war von rascher Kürze,
und am Ende hat man es bereut.

Aber (du wirst sehen): Er erfreut.

Rainer Maria Rilke

Franz Skarbina, Berliner Weihnachtszimmer

Der Christbaum und die Hochzeit

Aus den Aufzeichnungen eines Unbekannten

Kürzlich sah ich eine Hochzeit … aber nein! Ich will lieber von einem Christbaum erzählen. Die Hochzeit war schön; sie hat mir sehr gefallen, aber die andere Begebenheit ist schöner. Ich weiß nicht, wieso mir bei der Erinnerung an diese Hochzeit der Christbaum einfällt. Es trug sich so zu.

Vor genau fünf Jahren wurde ich am Vorabend des neuen Jahres zu einem Kinderball eingeladen. Der Gastgeber war eine bekannte Persönlichkeit mit Beziehungen, Bekanntschaften und Intrigen, sodass man annehmen konnte, dass dieser Kinderball nur ein Vorwand für die Eltern sei, um zusammenzukommen und gewisse interessante Dinge in harmloser, scheinbar unbeabsichtigter Weise zu besprechen. Ich war ein Außenstehender; Gesprächsstoff hatte ich keinen, und so verbrachte ich den Abend ziemlich ungestört. Es war noch ein Herr da, der scheint's weder Namen noch Rang hatte und gleich mir nur zufällig in dieses allgemeine Familienglück geraten war … Er stach mir vor allen anderen in die Augen. Er war ein großer hagerer Mann, sehr ernst, sehr gut gekleidet. Aber man sah ihm an, dass ihm wenig an dem Vergnügen und Familienglück gelegen war; wenn er in eine Ecke ging, hörte er sofort auf zu lächeln und runzelte die dichten, schwarzen Brauen. Gekannt hatte er außer dem Hausherrn keine lebende Seele auf dem Ball. Man sah ihm an, dass er sich schrecklich langweilte, aber bis zum Schluss tapfer die Rolle eines animierten und glücklichen Menschen spielte.

Ich erfuhr später, dass dieser Herr aus der Provinz sei, irgendeine entscheidende, halsbrecherische Angelegenheit in der Hauptstadt zu erledigen habe, unserem Gastgeber einen Empfehlungsbrief gebracht habe, dieser ihn keineswegs gerne unterstütze und ihn nur aus Höflichkeit zu einem Kinderball eingeladen habe. Karten wurden nicht gespielt, Zigarren wurden ihm nicht angeboten, ins Gespräch ließ sich niemand mit ihm ein, da man den Vogel vielleicht schon von Weitem an den Federn erkannte, und so blieb dem Herrn nichts weiter übrig, als den ganzen Abend, um die Hände irgendwie zu beschäftigen, seinen Backenbart zu streichen. Backenbart hatte er tatsächlich einen sehr schönen. Aber er strich ihn mit einer Sorgfalt, dass man, wenn man ihn beobachtete, tatsächlich annehmen konnte, es sei zunächst nur dieser Backenbart dagewesen und erst später ein Herr dazugeschaffen worden, um ihn zu streichen.

Außer dieser Gestalt, die in der oben beschriebenen Weise an dem Familienglück des Hausherrn teilnahm, der fünf dicke muntere Knaben hatte, gefiel mir noch ein anderer Herr. Dieser war jedoch von ganz anderem Typus. Er war eine Persönlichkeit. Er hieß Julian Mastakowitsch. Vom ersten Augenblick an konnte man sehen, dass er ein geachteter Gast war und zum Hausherrn in demselben Verhältnis stand wie dieser zu dem Herrn, der sich den Backenbart strich. Der Hausherr und dessen Frau sagten ihm eine Menge Liebenswürdigkeiten, bemühten sich um ihn, nötigten ihn zum Essen und Trinken, stellten ihm zur Empfehlung ihre Gäste vor, während sie ihn selber niemandem vorstellten. Ich bemerkte, wie im Auge des Gastgebers eine Träne glänzte, als Julian Mastakowitsch sagte, er habe seine Zeit selten auf so angenehme Weise verbracht wie heute. Mir wurde die Gegenwart einer so hochgestellten Persönlichkeit nachgerade unheimlich, und daher ging ich, nachdem ich mich eine Weile über die Kinder gefreut hatte, in den kleinen Salon, der völlig menschenleer war, und setzte mich in den Efeuwinkel der Hausfrau, der fast die Hälfte des Zimmers einnahm.

Die Kinder waren lieb bis zur Unwahrscheinlichkeit und wollten entschieden nicht den „Großen" ähnlich sein, ungeachtet aller Vorstellungen der Gouvernanten und Muhmen. Sie hatten im Nu den Christbaum bis zum letzten Konfekt geplündert und bereits Zeit gefunden, die Hälfte der Spielsachen zu zerbrechen, ehe sie überhaupt wussten, welches ihnen gehörte. Besonders hübsch war ein schwarzäugiger Knabe mit einem Lockenkopf, der mich fortwährend mit seinem Holzgewehr zu erschießen drohte. Doch am meisten fiel mir seine Schwester auf, ein Mädchen von etwa elf Jahren, lieblich wie ein Amor, ein stilles, nachdenkliches, blasses Kind mit großen träumerischen, etwas vorstehenden Augen. Die Kinder hatten es irgendwie gekränkt, und deshalb zog es sich in denselben kleinen Salon zurück, in dem ich saß, und machte sich in einem Winkel mit seiner Puppe zu schaffen. Die Gäste zeigten respektvoll auf einen reichen Branntwein-

pächter, ihren Vater, und jemand bemerkte flüsternd, dass schon dreihunderttausend Rubel Mitgift für sie zurückgelegt seien.
Ich sah mich um und konnte feststellen, wer sich so für diese Angelegenheit interessierte. Mein Blick fiel auf Julian Mastakowitsch, der, die Hände auf dem Rücken verschränkt und den Kopf ein wenig zur Seite geneigt, dem Geschwätz dieser Herrschaften mit gespannter Aufmerksamkeit zuhörte. Dann konnte ich nicht umhin, die Weisheit der Gastgeber zu bewundern, die in der Verteilung der Geschenke unter die Kinder zum Ausdruck kam. Dies Mädchen, das schon eine Mitgift von dreihunderttausend Rubel hatte, bekam eine äußerst kostbare Puppe. Dann folgten wertmindere Geschenke – genau im Verhältnis zum verminderten Rang der Eltern aller dieser glücklichen Kinder. Schließlich bekam das letzte Kind, ein etwa zehnjähriger, magerer, kleiner, sommersprossiger, rothaariger Junge, nichts als ein Buch mit Geschichten, in denen von der Größe der Natur, von Tränen der Rührung und ähnlichen Dingen die Rede war, ohne Bilder, ja sogar ohne Titelvignette. Es war der Sohn der Gouvernante der Kinder unseres Gastgebers, einer sehr armen Witwe, ein äußerst verschüchterter und ängstlicher Knabe. Bekleidet war er mit einer Jacke aus armseligem Nankingstoff. Als er sein Buch erhalten hatte, ging er lange um die anderen Geschenke herum; er hätte schrecklich gerne mit den anderen Kindern gespielt, getraute sich aber nicht; man sah ihm an, dass er seine Lage schon fühlte und verstand.
Ich beobachte Kinder sehr gerne. Sehr interessant ist ihre erste selbständige Betätigung im Leben. Ich be-

merkte, dass der rothaarige Junge so sehr von den reichen Geschenken der anderen Kinder bezaubert war, vor allem vom Theater, bei dem er durchaus irgendeine Rolle spielen wollte, dass er sogar zu kriechen beschloss. Er lächelte und spielte mit den anderen Kindern, er schenkte seinen Apfel einem dicken Knaben, der einen ganzen Sack voll Naschwerk hatte, und ließ sogar einen auf seinem Rücken reiten, nur damit man ihn nicht vom Theater wegtreibe. Aber eine Minute später wurde er von einem unartigen Schlingel gründlich verprügelt. Das arme Kind wagte nicht zu weinen. Da erschien die Gouvernante, seine Mutter, und befahl ihm, die anderen Kinder beim Spielen nicht zu stören. Das Kind begab sich in denselben Salon, in welchem das Mädchen war. Es ließ ihn zu sich heran, und beide begannen mit Eifer, die kostbare Puppe zu putzen.

Ich saß schon seit einer halben Stunde in dem Efeuwinkel und war über dem Geschwätz des rothaarigen Jungen und der Schönen mit den dreihunderttausend Rubel Mitgift fast eingeschlafen, als Julian Mastakowitsch ins Zimmer trat. Er hatte sich die skandalöse Zankerei der Kinder zunutze gemacht und war leise aus dem Saal geschlichen. Ich hatte bemerkt, dass er eine Minute vorher mit dem Vater der künftigen glänzenden Partie sehr lebhaft gesprochen hatte. Er hatte den Herrn eben erst kennengelernt und unterhielt sich mit ihm sehr eingehend über den Vorzug des Dienstes in einem Ressort gegenüber dem in einem anderen. Jetzt stand er sinnend da und schien etwas an den Fingern abzuzählen.

„Dreihundert … dreihundert …“, flüsterte er. „Elf … zwölf … dreizehn … sechzehn! Noch fünf Jahre! Nehmen wir vier Prozent an – zwölf mal fünf ist sechzig; zu diesen sechzig kommen also ... sagen wir in fünf Jahren – vierhundert. Also ... aber er rechnet ja nicht mit vier Prozent, der Schuft! Er nimmt vielleicht acht, wo nicht gar zehn Prozent. Nun, also fünfhunderttausend werden es sicher; dazu kommt dann ein kleiner Überschuss als Nadelgeld ... Hm ..."

Er brach seine Betrachtung ab, schnäuzte sich und wollte schon aus dem Zimmer gehen, als er plötzlich das kleine Mädchen erblickte und stehenblieb. Mich sah er hinter den Pflanzen nicht. Er schien sehr erregt zu sein. Ob nun die Ergebnisse seiner Berechnungen so auf ihn wirkten oder etwas anderes – er rieb sich die Hände und konnte nicht ruhig stehen. Diese Erregung stieg bis zum non plus ultra, als er stehenblieb und einen zweiten entschiedenen Blick auf die künftige Partie warf. Dann wollte er einen Schritt vorwärts machen, sah sich aber erst im Zimmer um. Dann ging er auf Zehenspitzen, wie wenn er sich schuldig fühlte, auf das Kind zu. Er lächelte die Kleine an, beugte sich über sie und küsste sie auf den Scheitel. Sie war auf den Überfall nicht gefasst und schrie erschreckt auf.

„Was machen Sie denn hier, mein liebes Kind?", fragte er flüsternd, sich umschauend und der Kleinen die Wange tätschelnd.

„Wir spielen ..."

„Ah! Mit dem da?" Julian Mastakowitsch warf einen schrägen Blick auf den Knaben.

„Du solltest doch in den Saal gehen, mein Lieber", sagte er zu ihm.

Der Knabe schwieg und sah ihn mit weit geöffneten Augen an. Julian Mastakowitsch sah sich wieder im Kreis um und beugte sich zu dem kleinen Mädchen.
„Was haben Sie denn da, mein liebes Kind? Wohl eine Puppe?", fragte er.
„Eine Puppe", sagte die Kleine und runzelte etwas verlegen die Stirn.
„Eine Puppe ... Und wissen Sie, liebes Kind, woraus diese Puppe gemacht ist?"
„Ich weiß nicht", sagte das Mädchen leise und mit traurig gesenktem Köpfchen.
„Aus Lappen, mein Herzchen. Du solltest doch in den Saal zu deinen Kameraden gehen, mein Junge", sagte Julian Mastakowitsch und sah das Kind streng an. Das Mädchen und der Knabe machten erschrockene Gesichter und fassten sich an den Händen. Sie wollten sich nicht trennen.
„Und wissen Sie, warum man Ihnen die Puppe geschenkt hat?", fragte Julian Mastakowitsch, die Stimme immer mehr senkend.
„Ich weiß nicht."
„Deshalb, weil Sie die ganze Woche ein liebes und artiges Kind gewesen sind."
Hier sah sich Julian Mastakowitsch in höchster Aufregung wieder um und fragte, die Stimme noch mehr senkend, ganz leise, kaum hörbar, zitternd vor Erregung und Ungeduld: „Und werden Sie mich auch lieb haben, gutes Kind, wenn ich zu Ihren Eltern auf Besuch komme?"
Nachdem Julian Mastakowitsch das gesagt hatte, wollte er das liebe Mädchen noch einmal küssen, aber der rothaarige Knabe, der sah, dass es anfangen wollte

zu weinen, fasste es an der Hand und fing aus reiner Teilnahme für sie, auch an zu weinen. Julian Mastakowitsch wurde ernsthaft böse.
„Geh fort, geh fort von hier, geh fort!“, rief er dem Knaben zu. „Geh in den Saal! Geh hin zu deinen Kameraden!“
„Nein, nicht nötig, nicht nötig! Gehen Sie fort!“, sagte das Mädchen, „lassen Sie ihn in Ruhe! Lassen Sie ihn in Ruhe!“, sagte sie, nun schon fast weinend.
Jemand erschien in der Tür. Julian Mastakowitsch richtete sofort seinen majestätischen Korpus auf und erschrak. Aber der rothaarige Knabe erschrak noch mehr als Julian Mastakowitsch. Er ließ das Mädchen stehen und schlich leise an der Wand entlang aus dem Salon ins Speisezimmer. Um keinen Verdacht zu wecken, begab sich Julian Mastakowitsch ebenfalls ins Speisezimmer. Er war rot wie ein Krebs, und als er einen Blick in den Spiegel warf, schien er sich vor sich selbst zu schämen. Es war ihm vielleicht peinlich, dass er so hitzig und so ungeduldig gewesen war. Vielleicht hatte ihn beim Abzählen an den Fingern das Ergebnis so verblüfft, so bezaubert und begeistert, dass er bei all seiner Würde beschloss, wie ein Bube zu handeln und seine Beute ohne Weiteres zu apportieren, obgleich diese Beute ihm frühestens in fünf Jahren zufallen konnte. Ich folgte dem ehrenwerten Mann ins Speisezimmer und gewahrte ein seltsames Schauspiel. Julian Mastakowitsch, ganz rot vor Wut und Ärger, drang auf den armen Knaben ein, der vor Angst nicht wusste, wo er hinsollte, und sich immer weiter zurückzog.
„Geh weg! Was machst du hier? Geh weg, du Taugenichts! Du willst wohl Obst stehlen, wie? Hinaus mit

dir, du Taugenichts, hinaus, du Rotznase! Geh zu deinen Kameraden!“

Der entsetzte Knabe entschloss sich in seiner Angst zu einem verzweifelten Mittel und versuchte, unter den Tisch zu kriechen. Da zog sein Verfolger in äußerster Wut sein langes Batisttuch aus der Tasche und trieb den Jungen damit unter dem Tisch hervor. Es muss gesagt werden, dass Julian Mastakowitsch etwas dick war. Er war ein satter, rotbackiger, rundlicher Mann mit einem netten Bäuchlein und dicken Oberschenkeln, festgefügt wie eine kräftige Walnuss. Er war in Schweiß geraten, ganz rot im Gesicht und schnaufte. Schließlich geriet er fast in Raserei, so groß war in ihm das Gefühl der Empörung und vielleicht auch (wer weiß es?) seiner Eifersucht! Ich fing aus vollem Hals zu lachen an. Julian Mastakowitsch drehte sich um und geriet, ungeachtet seiner ganzen Würde, in Verlegenheit. In diesem Augenblick kam aus der gegenüberliegenden Tür der Hausherr. Der Knabe kroch unter dem Tisch hervor und wischte sich Knie und Ellbogen. Julian Mastakowitsch beeilte sich, sein Taschentuch an die Nase zu halten, das er an einem Zipfel in der Hand hielt.

Der Hausherr sah uns drei etwas befremdet an; doch als Mann von Welt, der das Leben kennt und es von einem ernsten Standpunkt aus betrachtet, nutzte er sofort die Gelegenheit, dass er seinen Gast allein antraf.

„Das ist jener Knabe“, fing er an, auf den kleinen Rotkopf zeigend, „für den Sie zu bitten, ich die Ehre hatte …“

„Ah!“, sagte Julian Mastakowitsch, der noch nicht ganz zu sich gekommen war.

„Der Sohn der Erzieherin meiner Kinder", fuhr der Hausherr in bittendem Ton fort, „eine arme Frau, Witwe, Gattin eines ehrenwerten Beamten; und daher … wenn es irgend möglich ist, Julian Mastakowitsch …"

„Ach nein, nein", schrie Julian Mastakowitsch hastig, „nein, entschuldigen Sie, Filipp Alexejewitsch, aber das geht wirklich nicht. Ich habe mich erkundigt, es sind keine Vakanzen vorhanden, und wenn es auch eine gäbe, so sind doch schon ein Dutzend Kandidaten da, die viel mehr Rechte darauf haben als er … Bedaure sehr, aber …"

„Schade", sagte der Hausherr, „es ist ein so stiller, bescheidener Knabe …"

„Ein ziemlicher Schlingel, wie ich bemerkt zu haben glaube", sagte Julian Mastakowitsch, und sein Mund verzog sich hysterisch. „Geh zu deinen Altersgenossen, Knabe, was stehst du da!", sagte er, sich an das Kind wendend.

Hier konnte er sich anscheinend nicht mehr beherrschen und schielte mit einem Auge zu mir herüber. Ich konnte mich auch nicht beherrschen und lachte ihm schallend ins Gesicht. Julian Mastakowitsch drehte sich sofort weg und fragte den Hausherrn ziemlich laut, sodass ich es hören konnte, wer dieser sonderbare junge Mensch sei. Sie fingen an zu flüstern und gingen zusammen aus dem Zimmer. Ich sah dann, wie Julian Mastakowitsch dem Hausherrn mit ungläubiger Miene zuhörte und den Kopf schüttelte.

Nachdem ich mich sattgelacht hatte, ging ich in den Saal zurück. Da stand der große Mann, umringt von Vätern und Müttern, dem Hausherrn und seiner Gattin, und redete eifrig auf eine Dame ein, der man ihn eben vorgestellt hatte. Die Dame hielt das kleine Mädchen an der Hand, mit dem Julian Mastakowitsch vor zehn Minuten die Szene im Salon gehabt hatte. Jetzt erging er sich in entzückten Lobpreisungen der Schönheit, der Talente, der Grazie und der Wohlerzogenheit des lieben Kindes. Er warb ganz offenkundig um die Gunst der Mama. Die Mutter hörte ihm fast mit Tränen der Rührung zu. Die Lippen des Vaters lächelten. Der Hausherr freute sich über die allgemeine Freude. Sogar alle Gäste bekundeten ihre Teilnahme, selbst die Spiele der Kinder stockten, um die Unterhaltung nicht zu stören. Die ganze Luft war mit Ehrerbietung durchtränkt.

Ich hörte später, wie die bis ins tiefste Herz gerührte Mama des interessanten Mädchens Julian Mastakowitsch in den gewähltesten Ausdrücken aufforderte, ihrem Haus die Ehre seines hochgeschätzten Besuches zu erweisen; ich hörte, mit welcher unverhohlenen Freude Julian Mastakowitsch die Einladung annahm, und wie dann die Gäste, dem Anstand gehorchend, nach verschiedenen Seiten auseinandergingen, sich in ergreifenden Lobreden auf den Branntweinpächter, seine Frau, das kleine Mädchen und besonders Julian Mastakowitsch überschlugen.

„Ist dieser Herr verheiratet?“, fragte ich beinahe laut einen meiner Bekannten, der ganz nahe bei Julian Mastakowitsch stand.

Julian Mastakowitsch warf mir einen prüfenden, zornigen Blick zu.

„Nein!“, erwiderte mein Bekannter, tief betrübt über die Ungeschicklichkeit, die ich mit voller Absicht begangen hatte.

Kürzlich ging ich an der Kirche zu *** vorüber; die Menge und die Wagen setzten mich in Erstaunen. Ringsum wurde von einer Hochzeit gesprochen. Es war ein trüber Tag, es begann schon zu frieren; ich drängte mich mit der Menge in die Kirche hinein und erblickte den Bräutigam. Es war ein kleiner, rundlicher, satter Mann mit einem Bäuchlein und ordenbehangen. Er lief umher, tat geschäftig und gab Weisungen. Endlich erhob sich ein Gemurmel: die Braut kam angefahren. Ich drängte mich durch die Menge und erblickte eine zauberhafte Schönheit, für die kaum der erste Frühling angebrochen war. Aber die Schöne war bleich und traurig. Sie blickte zerstreut um sich; es schien mir sogar, als wären ihre Augen noch feucht von den soeben vergossenen Tränen. Die antike Strenge jeder Linie ihres Gesichts verlieh ihrer Schönheit eine ganz besondere Würde und Feierlichkeit. Aber durch diese Würde und Feierlichkeit, durch diese Wehmut schimmerte noch die ursprüngliche, kindliche, unschuldige Wesensart; es sprach daraus etwas unsagbar Naives, Ungefestigtes, Junges, das durch sich selbst, ohne Worte, um Erbarmen zu flehen schien.

Es hieß, sie sei erst sechzehn Jahre alt. Ich sah den Bräutigam genauer an und erkannte plötzlich Julian Mastakowitsch, den ich seit fünf Jahren nicht mehr gesehen hatte. Ich warf einen Blick auf die Braut ... Mein Gott! Ich beeilte mich, aus der Kirche hinauszukommen. In der Menge wurde davon geredet, dass die Braut sehr reich sei, dass sie eine Mitgift von fünfhunderttausend Rubel erhalte ... dazu noch ein beträchtliches Nadelgeld ...

Die Rechnung hat also glänzend gestimmt! Dachte ich, als ich mich auf die Straße gedrängt hatte ...

Fjodor Dostojewski

Am Tage der Geburt des Herren

Lukas 2

Schau, höchster König, schau, wie hart mich hat geschätzet
der Fürst der Finsternis mit Weh, Ach, Angst und Leid!
Schau, wie mich hat umhüllt die Nacht der Traurigkeit
und wie ich bin in Stall der Trübsal eingesetzet!

Wird denn mein Herz nicht auch durch diese Freud ergötzet,
die durch dich allem Volk der große Gott bereit'?
Gebier dich neu in mir, mich in dir, weil die Zeit
des Neugebärens da, mich hat die Furcht verletzet

vom Himmel lichten Blitz. Drum lass mich hören an,
dass ich durch deinen Fried dem Wohlgefallen kann,
der, dass er Menschen schuf, sich oft so hoch beschweret.

Ich fühl, du wirst es tun. Ihr Himmelscharen singt
Ehr dem, der uns die Freud und Frieden wiederbringt
und alles schwinden lässt, was seinen Zorn empöret.

Andreas Gryphius

Friede auf Erden!

Da die Hirten ihre Herde
ließen und des Engels Worte
trugen durch die niedre Pforte
zu der Mutter und dem Kind,
fuhr das himmlische Gesind
fort, im Sternenraum zu singen,
fuhr der Himmel fort zu klingen:
„Friede, Friede auf der Erde!"

Seit die Engel so geraten,
o wie viele blut'ge Taten
hat der Streit auf wildem Pferde,
der geharnischte, vollbracht!
In wie mancher heil'gen Nacht
sang der Chor der Geister zagend,
dringlich flehend, leis verklagend:
„Friede, Friede … auf der Erde!"

Doch es ist ein ewger Glaube,
dass der Schwache nicht zum Raube
jeder frechen Mordgebärde
werde fallen allezeit:
Etwas wie Gerechtigkeit
weht und wirkt in Mord und Grauen,
und ein Reich will sich erbauen,
das den Frieden sucht der Erde.

Mählich wird es sich gestalten,
seines heilgen Amtes walten,
Waffen schmieden ohne Fährde,
Flammenschwerter für das Recht,
und ein königlich Geschlecht
wird erblühn mit starken Söhnen,
dessen helle Tuben dröhnen:
„Friede, Friede auf der Erde!“

Conrad Ferdinand Meyer

Weihnachtslied

Vom Himmel in die tiefsten Klüfte
ein milder Stern herniederlacht;
vom Tannenwalde steigen Düfte
und hauchen durch die Winterlüfte
und kerzenhelle wird die Nacht.

Mir ist das Herz so froh erschrocken,
das ist die liebe Weihnachtszeit!
Ich höre fernher Kirchenglocken
mich lieblich heimatlich verlocken
in märchenstille Herrlichkeit.

Ein frommer Zauber hält mich wieder,
anbetend, staunend muss ich stehn;
es sinkt auf meine Augenlider
ein goldner Kindertraum hernieder,
ich fühl's, ein Wunder ist gescheh'n.

Theodor Storm

Anbetung des Kindes

Als ein behutsam Licht
stiegst du von Vaters Thron.
Wachse, erlisch uns nicht,
Gotteskind, Menschensohn!

Sanfter, wir brauchen dich.
Dringender war es nie.
Bitten dich inniglich,
dich und die Magd Marie –

König wir, Bürgersmann,
Bauer mit Frau und Knecht:
Schau unser Elend an!
Mach uns gerecht!

Gib uns von deiner Güt
nicht bloß Gered und Schein!
Öffne das Frostgemüt!
Zeig ihm des andern Pein!

Mach, dass nicht allerwärts
Mensch wider Mensch sich stellt,
führ das verratne Herz
hin nach der schönen Welt!

Frieden, ja, ihn gewähr
denen, die willens sind.
Dein ist die Macht, die Ehr,
Menschensohn, Gotteskind.

Josef Weinheber

Stephan Lochner, Die Muttergottes in der Rosenlaube

Erdbeeren im Schnee

Die Straße von Niemes nach Münchengrätz führt durch die Ortschaft Jivina, ein tschechisches Bauerndorf, weder reich noch arm, weder klein noch groß. Die Leute in Jivina haben ihr Auskommen, Arbeit gibt es für alle genug und zu essen auch. Natürlich, die einen sind etwas besser gestellt und die anderen etwas schlechter.
Nehmen wir beispielsweise den Schmied von Jivina, einen gewissen Jireš, welcher ein tüchtiger Mann um die fünfzig ist und neben der Schmiede auch noch ein Wirtshaus betreibt, wo die Lausitzer Fuhrleute, wenn sie mit ihren schweren Wagen nach Prag unterwegs sind, Nachtstation machen: Es hat sich herumgesprochen, dass Ross und Fuhrmann beim Schmied von Jivina gut versorgt sind und dass es zudem nicht besonders teuer kommt. Trotzdem ist mancher Heller beim Jireš hängengeblieben, und manche Krone hat er herausgewirtschaftet mit der Zeit, sodass er nicht schlecht gefahren ist mit den Fuhrleuten aus der Lausitz. Freilich, er hat dafür tüchtig arbeiten müssen den ganzen Tag; und die Jirešová, seine Frau, die hat auch keine Langeweile gekannt, das kann man sich an zwei Fingern ausrechnen, wenn man sich vorstellt, was alles an so einer Wirtschaft dranhängt. Trotzdem hat sie dem Jireš zwölf Kinder geboren und aufgezogen im Lauf der Jahre: zehn davon sind schon groß und ein Teil verheiratet, bloß die Dorotka und ihr kleiner Bruder,

der Pepíček, sind noch Schulkinder. Die Dorotka ist im September elf geworden, dem Pepíček fehlen noch ein paar Wochen auf sieben – es ist aber nicht gesagt, ob er sie erleben wird.
Zu Weihnachten hat das Christkind dem Pepíček eine Hitsche gebracht, einen kleinen hölzernen Rodel, den hat sich das Jungerle sehr gewünscht gehabt; und der Jireš selber hat ihm die Hitsche gebaut, hat heimlich die Bretter zurechtgeschnitten und zugehobelt, hat sie zusammengeleimt und mit blauer Ölfarbe angestrichen; und weil es dem Pepíček seine Hitsche gewesen ist, hat er noch extra mit weißer Farbe die Anfangsbuchstaben seines Namens ihm draufgemalt.
No, da kann man sich vorstellen, welche Freude es für den kleinen Jireš gewesen ist, wie er am Morgen des Weihnachtstages erwacht, und die Hitsche hat dagestanden, unter dem Christbäuml in der Wohnstube, so schön neu und blau, und obendrauf hat eine Pudelmütze aus roter Wolle gelegen und ein Paar roter Fäustlinge, auch für den Pepíček; und die Fäustlinge und die Mütze haben voll Pfefferkuchen gesteckt und voll Zuckerzeug; und unter der Hitsche, zwischen den Kufen, da haben sich ein paar Äpfel gefunden und zwei, drei Hutzelbirnen: So reich ist der Pepíček diesmal vom Christkind beschenkt worden.
Noch am heiligen Weihnachtstag, gleich nach dem Mittagessen, hat er die rote Pudelmütze, die Fäustlinge und die Hitsche zum ersten Mal ausgeführt. Die Dorotka ist nicht dabeigewesen, weil sie der Mutter beim Abwasch geholfen hat, und danach sind die beiden zur Tante Nohynková nach Bakov gegangen, der haben sie jede Weihnachten ein Glas Honig, ein Packl

Kaffee und ein Christbrot hinübergetragen, zum Zeichen, dass man sie nicht vergessen hat (weil sie seit vielen Jahren verwitwet gewesen ist, und Kinder, welche sich möchten kümmern können um sie, hat sie nicht gehabt).
Wie nun die beiden von Bakov über die Felder zurückkommen, ist es inzwischen dunkel geworden, der Frost hat schon angezogen, der Schnee unter ihren Füßen hat laut geknirscht, und sie haben sich sehr auf die warme Stube gefreut, wie sie sich aus den Wolltüchern ausmummeln werden, und sicherlich hat der Pepíček längst schon die Tuchschuhe ihnen angewärmt: die holt er dann von der Ofenbank und stellt sie den beiden hin, dass man bloß hineinsteigen braucht.
So kommen die Dorotka und die Mutter also nach Hause, aber der Pepíček hat ihnen diesmal die Tuchschuhe nicht gewärmt, der Pepíček liegt im Bett, bis zur Nase zugedeckt, und rings um den Kachelofen sind seine nassen Kleider zum Trocknen aufgehängt.
„Jesus, Maria und Josef!" Die Jirešová erschrickt, und der Jireš berichtet ihr, was geschehen ist; nämlich der Pepíček hat sich den ganzen Nachmittag lang auf der neuen Hitsche vergnügt gehabt, mit den anderen Dorfkindern hat er der Reihe nach alle Hügel von Jivina abgerodelt, bis sie zum Schluss auf dem Klosterbergl gelandet sind. Dort sind sie zum Klosterweiher hinuntergefahren, aufs Eis hinaus, und der Pepíček hat nicht aufgepasst, sondern es hat dort der Pater Braumeister vorgestern eine Fuhre Eis aus dem Weiher brechen und einfahren lassen, und dort hinaus, auf genau die Stelle, welche zwar unterdessen schon wieder mit einer dünnen Eisdecke überzogen gewesen ist, aber bloß

fürs Auge: dorthin also hat der Pepíček seine Hitsche gelenkt – und da ist er dann eingebrochen.
Sie haben ihn glücklicherweise sogleich herausgefischt; zwei größere Jungen, der Tonda vom Straßenmeister und Rybníks Vašek, haben sich auf den Bauch geschmissen und haben den Pepíček bei den Handgelenken gepackt; und sie haben – gottlob! – ihn herausgezogen, klatschnass zwar, doch wenigstens lebt er noch, und das ist die Hauptsache.
Die Jirešová ist entsetzt und erleichtert zugleich. „Pepíčku, Pepíčku!", schluchzt sie. „Das wär ja ein hübsches Unglück gewesen, wenn du uns möchtest ertrunken sein! Hoffentlich wirst du dich nicht verkühlt haben in den nassen Kleidern …"
Am nächsten Tag hat der Pepíček Fieber bekommen. Sie haben ihm Essigstrümpfe gemacht, und das Fieber ist bissl zurückgegangen. Aber am Tag darauf ist der Husten dazugekommen, beim bloßen Zuhören hat man gedacht, dass es ihm die Brust zerreißt; und der Doktor Goldstück aus Münchengrätz, obzwar er mosaischen Glaubens gewesen ist: am Abend des dritten Tages hat er gemeint, dass jetzt nur noch Beten hilft, und es wäre vielleicht nicht schlecht, wenn die Jirešová für den Pepíček eine Kerze zur wundertätigen Muttergottes von Ober Politz versprechen möchte, am besten gleich zweie.
Es hat aber alles nichts helfen wollen, das Beten nicht und die Kerzen auch nicht, der Pepíček hat von Tag zu Tag schlimmer husten müssen, das Fieber hat tüchtig an ihm gezehrt, es hat ihn ganz matt und elend gemacht, immer größere Augen hat er bekommen, die Nase ist immer spitzer geworden in seinem Gesicht.

Die Jirešová und die Dorotka haben sich Tag und Nacht bei ihm abgewechselt, sie haben ihm feuchte Wickel gemacht und Butterpflaster, und wenn er zum Trinken verlangt hat, dann haben sie mit der einen Hand ihn ein wenig aufgerichtet und haben ihm mit der andern das Glas mit dem süßen Eibischtee an den Mund geführt.

Aufs Essen hat er schon lang keinen Appetit mehr gehabt, der Pepíček, er hat nur so dagelegen, die meiste Zeit mit geschlossenen Augen; und manchmal ist es der Dorotka vorgekommen, dass er schon sehr weit weg ist von ihnen allen.

Trotzdem ist sie nicht müde geworden und hat ihm Geschichten erzählt, weil sie nämlich bemerkt hat (oder sie hat sich das auch bloß eingebildet), dass sie dem Pepíček damit helfen kann. Wenn er im Fieber geglüht hat wie ein Stück Eisen im Schmiedefeuer, dann hat sie ihm lauter Geschichten vom Winter erzählt: von den Eisblumen an den Fenstern, die sie ihm pflücken wird, und vom großen Schneetreiben im Gebirge, wo alle Häuser im Schnee versunken sind bis zum Dach, und die Leute haben sich mühsam herausgewühlt wie die Maulwürfe; oder sie hat ihm von einem dicken Schneemann erzählt, welchen sie für den Pepíček bauen will, wenn er wieder gesund ist, und wie dann der Schneemann durch einen Zufall lebendig wird und halb Jivina auf den Kopf stellt, weil er bissl blöd ist, aber bei einem Schneemann muss man mit so was natürlich rechnen.

Von Zeit zu Zeit fängt der Pepíček an zu frieren, dann schüttelt es ihn am ganzen Körper vor Kälte, und wenn er so daliegt, vom Frost gebeutelt, und nichts kann ihm helfen, kein zweites Zudeck, kein heißer Ziegelstein, welchen sie ihm zu Füßen legen, und keine Wärmflasche auf dem Bauch, dann erzählt ihm die Dorotka wieder neue Geschichten: vom Sommer diesmal, vom Sonnenglanz auf den Wiesen, und wie sie zusammen ins Heu fahren; oder sie gehen am Nachmittag mit den Pilzkörbln in den Wald hinaus, und der Pepíček findet so viele Herrenpilze und Rotkappen, dass er sie kaum erschleppen kann; und auf einmal begegnet den Kindern im Walde ein Hutzelmann, das ist der Herr Hutzelmann Veverka – und wenn sie es nicht verraten, sagt er, dann wird er sie zu einem geheimen Platz führen, dort gibt es die größten Himbeeren weit und breit und die schönsten Erdbeeren.

Der Pepíček wird von dem, was die Dorotka ihm erzählt hat, im Fieber nicht viel verstanden haben; aber gewiss hat ihm ihre Stimme wohlgetan, und manchmal, so scheint es, hat sie ihn doch noch erreichen können mit dem oder jenem Wort: zum Beispiel die Erdbeeren müssen großen Eindruck auf ihn gemacht haben.

Eines Mittags, nachdem er fast eine halbe Stunde lang einen schrecklichen Husten gehabt hat' und sie schon alle gedacht haben, dass es mit ihm zu Ende geht (aber er hat sich dann wieder beruhigt und ist eine Weile still auf dem Rücken gelegen und hat geschlafen, und alle sind wieder hinausgegangen, bis auf die Dorotka), eines Mittags hat er dann plötzlich gesagt, dass er Erdbeeren essen möchte – und dass ihm die Dorotka welche holen soll aus dem Wald.

Die Dorotka hat ihn nicht gleich verstanden, weil er sehr mühsam gesprochen hat. Also meint sie, er will vielleicht was zum Trinken haben, und greift nach dem Topf mit dem Eibischtee; aber der Pepíček wiederholt, dass er Erdbeeren möchte:

„Erdbeeren, Dorotko … Erdbeeren aus'm Walde…"

Diesmal versteht ihn die Dorotka, und sie versucht, ihm das auszureden, weil sie doch Winter haben, und alles ist dicht verschneit und weiß draußen: Erdbeeren wird es erst wieder im Sommer geben, dann freilich wird sie ihm jeden Tag einen Korb voll holen, auch zwei, das verspricht sie ihm, oder dreie – soviel er nur essen kann.

Aber der Pepíček mag sich nicht auf den Sommer vertrösten lassen, er hat es sich in den Kopf gesetzt, dass er heut schon die Erdbeeren haben muss: „Dorotko", bettelt er, „hol mir ein Körbl Erdbeeren, Dorotko … bittschön, bittschön …"

Die Dorotka weiß, dass es gegen jede Vernunft ist, wenn sie jetzt in den Wald geht und Erdbeeren holen will. Trotzdem bringt sie es nicht übers Herz, dem Pepíček seine Bitte abzuschlagen: „Wart nur, Pepíčku", sagt sie, „ich geh schon." – Und wirklich, sie schlüpft in die Stiefel und wickelt sich in ihr Wolltuch ein, dann tritt sie mit einem Beerenkorb in der Hand auf die Straße hinaus.

Es ist kalt draußen, klar und kalt, und die Sonne scheint. Einen Augenblick bleibt die Dorotka vor der Haustür stehen, weil sie geblendet ist von dem starken Licht. Wie sie dann zwinkernd aufblickt, sieht sie, dass aus der Niemser Richtung zwei fremde Leute mit einem Esel die Straße heraufkommen. Der Mann ist schon etwas älter, er stützt sich auf einen Stecken und geht voran; die Frau ist um etliche Jahre jünger als er und sehr zart, sie sitzt auf dem Esel, und erst, wie sie näher herankommen, zeigt es sich, dass sie ein Wickelkind an der Brust trägt, von dem aber unter dem Bausch ihres weiten Mantels bloß das Gesichtl zu sehen ist.

Die Dorotka sagt den Fremden Grüß Gott und will sie an sich vorüberlassen, bevor sie die Straße quert; aber der Esel bleibt bei ihr stehen und macht einen langen Hals, und dann schnuppert er an dem Beerenkorb, und er schnuppert und schnuppert daran herum, als möchte er voller Heu und Disteln sein.

Die Dorotka hat keine Ahnung davon, dass die Frau auf dem Esel die Muttergottes ist; aber sie spürt, dass sie etwas sagen muss, und so hat sie der Muttergottes erzählt, dass der Pepíček krank ist, und zwar auf den Tod krank, und dass er sie mit dem Korb in den Wald geschickt hat, weil er sich Erdbeeren wünscht, und es möchte vielleicht der letzte Wunsch sein in diesem Leben, welchen er haben wird – aber sie weiß nicht, woher sie die Erdbeeren für den Pepíček mitten im Winter nehmen soll.

Wie die Muttergottes das hört, da erbarmt sie sich über den Pepíček und die Dorotka, und sie fragt, ob die Dorotka nicht vielleicht einen Platz weiß, hier in der Nähe, wo Erdbeeren möchten wachsen können.

„Das schon“, sagt die Dorotka. „Aber nicht jetzt, sondern erst im Sommer.“

„Wer weiß“, sagt die Muttergottes und nickt ihr zu. Dann steigt sie vom Esel herunter und bittet den heiligen Josef, dass er das liebe Jesulein eine Weile nehmen soll: Er mag mit dem Kind und dem Esel einstweilen vorausgehen, sagt sie, es wird nicht lang dauern, dann holt sie ihn wieder ein, auf der Straße nach München-

grätz, und die Dorotka soll sie nur jetzt zu der Stelle hinführen, welche sie vorhin gemeint hat.
Es geht eine große Zuversicht von der fremden Frau aus, die greift auf das Mädl über; und während der heilige Josef, bevor sie in Richtung Münchengrätz weiterziehen, dem lieben Jesulein rasch noch die Nase putzt, und der Esel sich an der Hauswand vom Jireš die Flanke scheuert, bekommt es die Dorotka mit der Eile und stapft, vor der Muttergottes her, auf den nächsten Waldrand zu, wo es um Peter und Paul, das weiß sie, von Erdbeeren nur so leuchtet.
Jetzt freilich ist alles hier draußen vom Schnee verweht, aber der Muttergottes scheint das nichts auszumachen. Ob es die Stelle ist, will sie wissen, und wie ihr die Dorotka das bestätigt, kniet sie sich auf den Mantel nieder und scharrt mit den bloßen Händen den Schnee auseinander. Die Dorotka hilft ihr dabei, und es dauert nicht lange, so stoßen sie unterm Schnee auf die ersten Erdbeerranken: vom vorigen Jahr sind sie, braun und erfroren alle, die Blätter schon abgefallen und halb verfault.
Doch nun beugt sich die Muttergottes auf sie hinunter und haucht sie mit ihrem Atem an – und da begibt sich nun vor den Augen der Dorotka etwas, womit sie trotz aller Zuversicht niemals im Leben möchte gerechnet haben: Unter dem Anhauch der Muttergottes belebt sich das dürre Geranke, der Saft steigt hinein, es entfalten sich Blätter und Blüten – und ehe die Dorotka richtig hinschaut, da haben die Blüten sich schon in Früchte verwandelt, und über ein kleines, da werden sie reif und rot, und es duftet am Waldrand nach Erdbeeren wie zur Sommerszeit.

Ob sie nicht davon kosten mag?, fragt nun die Muttergottes – no, und da kostet also die Dorotka eine von diesen Erdbeeren, aber nur eine einzige, denn sie weiß ja, die sind nicht für sie gewachsen. Und wie sie die eine Erdbeere mit der Zunge im Mund zerdrückt, geht davon eine ganz besondere Süße und Frische aus, und mit einem Mal muss die Dorotka an das himmlische Paradies denken: dass auch dort vielleicht Erdbeeren wachsen, und dass sie nicht köstlicher schmecken können als diese hier.
Es wird für die Muttergottes nun aber Zeit, dass sie weitergeht. Sie ist aufgestanden und klopft sich den Schnee vom Mantel, und wie ihr die Dorotka danken will, da erwidert sie, dass es gern geschehen ist – und sie legt ihr zum Abschied die Hand auf den Scheitel und segnet sie. Dann wendet sie sich zum Gehen, und ohne dass sie auf Weg und Steg achtet, schreitet sie über die Felder davon, auf der Straße nach Münchengrätz zu; und es scheint, dass sie überhaupt kein Gewicht hat, weil sie nicht einsinkt im tiefen Schnee – nicht einmal eine Fußspur lässt sie darin zurück.
Die Dorotka hat ihr nachgeschaut, bis sie hinter den Weidenbüschen am Klosterweiher verschwunden gewesen ist, und es ist ihr so vorgekommen, wie wenn sie geträumt haben möchte und müsste nun jeden Augenblick aufwachen aus dem Traum. Aber nein, sie hat nicht geträumt, es ist alles in Wirklichkeit so geschehen, wie es geschehen ist: Das begreift sie allmählich doch – und nun hat sie geschwinde die Erdbeeren in den Korb gepflückt und ist damit heimgelaufen zum Pepíček; und der Pepíček hat die Erdbeeren alle aufgegessen, die ersten hat ihm die Dorotka in den Mund

gesteckt, die anderen hat er schon selbst aus dem Körbl herausgenommen.
„Oh, wie gut die sind!", hat er gesagt und ist glücklich gewesen, das hat ihm die Dorotka angemerkt. „Oh, wie fein die schmecken - so süß, so süß ..." Und die Dorotka hat ihm versprechen müssen, dass sie ihm morgen wieder Erdbeeren holen wird aus dem Wald, und übermorgen und immer, an jedem Tag.
Danach hat der Pepíček dankschön gesagt und ist eingeschlafen, friedlich und still ist er eingeschlafen, mit dem Geschmack von Erdbeeren auf der Zunge - und ehe die Dorotka halbwegs begriffen hat, dass er nie mehr aufwachen wird, ist schon alles vorbei gewesen: Den Tod hat die Muttergottes nicht von ihm abwenden können, der ist ihm für diese Stunde bestimmt gewesen - und Amen. Aber wer weiß, was gerade im Königreich Böhmen der Pepíček sich vielleicht erspart hat mit seinem frühen Tod? Das kann niemand sagen.
Die Dorotka hat ein paar Tage bitterlich weinen müssen um ihn, und solang sie in Jivina bei den Eltern gelebt hat, da ist sie an jedem Sonntag zum Pepíček auf den Friedhof hinausgegangen, und sommers hat sie ihm hie und da ein paar Erdbeeren auf das Grab gestreut.
Geschichten hat sie ihr Leben lang übrigens gerne erzählt, die Dorotka, auch als alte Frau noch: Es haben mir keine Geschichten besser gefallen als jene, welche die Großmutter Dora uns Kindern damals erzählt hat, an manchem Abend, daheim in Reichenberg.

Otfried Preußler

Die heilige Nacht

Als ich fünf Jahre alt war, hatte ich einen großen Kummer. Ich weiß kaum, ob ich seitdem einen größeren gehabt habe.

Das war, als meine Großmutter starb. Bis dahin hatte sie jeden Tag auf dem Ecksofa gesessen und Märchen erzählt. Ich weiß es nicht anders, als dass Großmutter dasaß und erzählte, vom Morgen bis zum Abend, und wir Kinder saßen still neben ihr und hörten zu. Das war ein herrliches Leben. Es gab keine Kinder, denen es so gut ging wie uns.

Ich erinnere mich nicht an sehr viel von meiner Großmutter. Ich erinnere mich, dass sie schönes, kreideweißes Haar hatte und dass sie sehr gebückt ging und dass sie immer dasaß und an einem Strumpfe strickte. Dann erinnere ich mich auch, dass sie, wenn sie ein Märchen erzählt hatte, ihre Hand auf meinen Kopf zu legen pflegte, und dann sagte sie: „Und das alles ist so wahr, wie dass ich dich sehe und du mich siehst."

Ich erinnere mich auch, dass sie schöne Lieder singen konnte; aber das tat sie nicht alle Tage. Eines dieser Lieder handelte von einem Ritter und einer Meerjungfrau und es hatte den Kehrreim: „Es weht so kalt, es weht so kalt, wohl über die weite See."

Dann entsinne ich mich eines kleinen Gebets, dass sie mich lehrte und eines Psalmverses.

Von allen den Geschichten, die sie mir erzählte, habe ich nur eine schwache, unklare Erinnerung. Nur an eine einzige von ihnen erinnere ich mich so gut, dass ich sie erzählen könnte. Es ist eine kleine Geschichte von Jesu Geburt.

Seht, das ist beinahe alles, was ich noch von meiner Großmutter weiß, außer dem, woran ich mich am besten erinnere, nämlich den großen Schmerz, als sie dahinging.

Ich erinnere mich an den Morgen, an dem das Ecksofa leer stand und es ungemütlich war, zu begreifen, wie die Stunden des Tages zu Ende gehen sollten. Dran erinnere ich mich. Das vergesse ich nie.

Und ich erinnere mich, dass wir Kinder hingeführt wurden, um die Hand der Toten zu küssen. Und wir hatten Angst, es zu tun, aber da sagte uns jemand, dass wir nun zum letzten Mal Großmutter für alle die Freude danken könnten, die sie uns gebracht hatte.

Und ich erinnere mich, wie Märchen und Lieder vom Hause wegfuhren, in einen langen schwarzen Sarg gepackt, und niemals wiederkamen.

Ich erinnere mich, dass etwas aus dem Leben verschwunden war. Es war, als hätte sich die Tür zu einer ganzen schönen, verzauberten Welt geschlossen, in der wir früher frei aus- und eingehen durften. Und nun gab es niemand mehr, der sich darauf verstand, diese Tür zu öffnen.

Und ich erinnere mich, dass wir Kinder so allmählich lernten, mit Spielzeug und Puppen zu spielen und zu leben wie andere Kinder auch, und da konnte es ja den Anschein haben, als vermissten wir Großmutter nicht mehr, als erinnerten wir uns nicht mehr an sie.

Aber noch heute, nach vierzig Jahren, wie ich dasitze und die Legenden über Christus sammle, die ich drüben im Morgenland gehört habe, wacht die kleine Geschichte von Jesu Geburt, die meine Großmutter zu erzählen pflegte, in mir auf. Und ich bekomme Lust, sie noch einmal zu erzählen und sie auch in meine Sammlung mit aufzunehmen.

Es war an einem Weihnachtstag, alle waren zur Kirche gefahren, außer Großmutter und mir. Ich glaube, wir beide waren im ganzen Hause allein. Wir hatten nicht mitfahren können, weil die eine zu jung und die andere zu alt war. Und alle beide waren wir betrübt, dass wir nicht zum Mettegesang fahren und die Weihnachtslichter sehen konnten. Aber wie wir so in unserer Einsamkeit saßen, fing Großmutter zu erzählen an.

„Es war einmal ein Mann", sagte sie, „der in die dunkle Nacht hinausging, um sich Feuer zu leihen. Er ging von Haus zu Haus und klopfte an. ‚Ihr lieben Leute, helft Mir!', sagte er. ‚Mein Weib hat eben ein Kindlein geboren, und ich muss Feuer anzünden, um sie und den Kleinen zu erwärmen.' Aber es war tiefe Nacht, so dass alle Menschen schliefen, und niemand antwortete ihm. Der Mann ging und ging. Endlich erblickte er in weiter Ferne einen Feuerschein. Da wanderte er dieser Richtung zu und sah, dass das Feuer im Freien brannte. Eine Menge weiße Schafe lagen rings um das Feuer und schliefen, und ein alter Hirt wachte über die Herde.

Als der Mann das Feuer leihen wollte, zu den Schafen kam, sah er, dass drei große Hunde zu Füßen des Hirten ruhten und schliefen. Sie erwachten alle drei bei seinem Kommen und sperrten ihre weiten Rachen auf, als ob sie bellen wollten, aber man vernahm keinen Laut. Der Mann sah, dass sich die Haare auf ihren

Rücken sträubten, er sah, wie ihre scharfen Zähne funkelnd weiß im Feuerschein leuchteten und wie sie auf ihn losstürzten. Er fühlte, dass einer von ihnen nach seinen Beinen schnappte und einer nach seiner Hand, und dass einer sich an seine Kehle hängte. Aber die Kinnladen und die Zähne, mit denen die Hunde beißen wollten, gehorchten ihnen nicht, und der Mann litt nicht den kleinsten Schaden. Nun wollte der Mann weitergehen, um das zu finden, was er brauchte. Aber die Schafe lagen so dicht nebeneinander, Rücken an Rücken, dass er nicht vorwärtskommen konnte. Da stieg der Mann auf die Rücken der Tiere und wanderte über sie hin dem Feuer zu. Und keins von den Tieren wachte auf oder regte sich."

So weit hatte Großmutter ungestört erzählen können, aber nun konnte ich es nicht lassen, sie zu unterbrechen. „Warum regten sie sich nicht, Großmutter?", fragte ich. „Das wirst du nach einem Weilchen schon erfahren", sagte Großmutter und fuhr mit ihrer Geschichte fort.

„Als der Mann fast beim Feuer angelangt war, sah der Hirt auf. Es war ein alter, mürrischer Mann, der unwirsch und hart gegen alle Menschen war. Und als er einen Fremden kommen sah, griff er nach einem langen, spitzigen Stabe, den er in der Hand zu halten pflegte, wenn er seine Herde hütete, und warf ihn nach ihm. Und der Stab fuhr zischend gerade auf den Mann los, aber ehe er ihn traf, wich er zur Seite und sauste an ihm vorbei weit über das Feld."

Als Großmutter so weit gekommen war, unterbrach ich sie abermals. „Großmutter, warum wollte der Stock den Mann nicht schlagen?" Aber Großmutter ließ es

sich nicht einfallen, mir zu antworten, sondern fuhr mit ihrer Erzählung fort.
„Nun kam der Mann zu dem Hirten und sagte zu ihm: ‚Guter Freund, hilf mir und leih mir ein wenig Feuer. Mein Weib hat eben ein Kindlein geboren, und ich muss Feuer machen, um sie und den Kleinen zu erwärmen.'
Der Hirt hätte am liebsten nein gesagt, aber als er daran dachte, dass die Hunde dem Manne nicht hatten schaden können, dass die Schafe nicht vor ihm davongelaufen waren und dass sein Stab ihn nicht fällen wollte, da wurde ihm ein wenig bange, und er wagte es nicht, dem Fremden das abzuschlagen, was er begehrte. ‚Nimm, soviel du brauchst', sagte er zu dem Manne. Aber das Feuer war beinahe ausgebrannt. Es waren keine Scheite und keine Zweige mehr übrig, sondern nur ein großer Gluthaufen, und der Fremde hatte weder Schaufel noch Eimer, worin er die roten Kohlen hätte tragen können.
Als der Hirt dies sah, sagte er abermals: ‚Nimm, soviel du brauchst!' Und er freute sich, dass der Mann kein Feuer wegtragen konnte. Aber der Mann beugte sich hinunter, holte die Kohlen mit bloßen Händen aus der Asche und legte sie in seinen Mantel. Und weder versengten die Kohlen seine Hände, als er sie berührte, noch versengten sie seinen Mantel, sondern der Mann trug sie fort, als wenn es Nüsse oder Äpfel gewesen wären."
Aber hier wurde die Märchenerzählerin zum dritten Mal unterbrochen. „Großmutter, warum wollte die Kohle den Mann nicht brennen?" „Das wirst du schon hören", sagte Großmutter, und dann erzählte sie weiter.
„Als dieser Hirt, der ein so böser, mürrischer Mann war, dies alles sah, begann er sich bei sich selbst zu

wundern: ‚Was kann dies für eine Nacht sein, wo die Hunde die Schafe nicht beißen, die Schafe nicht erschrecken, die Lanze nicht tötet und das Feuer nicht brennt?‘ Er rief den Fremden zurück und sagte zu ihm: ‚Was ist dies für eine Nacht? Und woher kommt es, dass alle Dinge dir Barmherzigkeit zeigen?‘ Da sagte der Mann: „Ich kann es dir nicht sagen, wenn du selber es nicht siehst.“ Und er wollte seiner Wege gehen, um bald ein Feuer anzünden und Weib und Kind wärmen zu können. Aber da dachte der Hirt, er wolle den Mann nicht ganz aus dem Gesicht verlieren, bevor er erfahren hätte, was dies alles bedeutete. Er stand auf und ging ihm nach, bis er dorthin kam, wo der Fremde daheim war. Da sah der Hirt, dass der Mann nicht einmal eine Hütte hatte, um darin zu wohnen, sondern er hatte sein Weib und sein Kind in einer Berggrotte liegen, wo es nichts gab als nackte, kalte Steinwände. Aber der Hirt dachte, dass das arme, unschuldige Kindlein vielleicht dort in der Grotte erfrieren würde, und obgleich er ein harter Mann war, wurde er davon doch ergriffen und beschloss, dem Kinde zu helfen. Und er löste sein Ränzel von der Schulter und nahm daraus ein weiches, weißes Schaffell hervor. Das gab er dem fremden Mann und sagte, er möge das Kind darauf betten. Aber in demselben Augenblick, in dem er zeigte, dass auch er barmherzig sein konnte, wurden ihm die Augen geöffnet, und er sah, was er vorher nicht hatte sehen können, und hörte, was er vorher nicht hatte hören können. Er sah, dass rund um ihn ein dichter Kreis von kleinen, silberbeflügelten Englein stand. Und jedes von ihnen hielt ein Saitenspiel in der Hand, und alle sangen sie mit lauter Stimme, dass in dieser Nacht der Heiland geboren wäre, der die Welt von ihren Sünden erlösen solle. Da begriff er, warum in dieser Nacht alle Dinge so froh waren, dass sie niemand etwas zuleide tun wollten. Und nicht nur rings um den Hirten waren Engel, sondern er sah sie überall. Sie saßen in der Grotte, und sie saßen auf dem Berge, und sie flogen unter dem Himmel. Sie kamen in großen Scharen über den Weg gegangen, und wie sie vorbeikamen, bleiben sie stehen und warfen einen Blick auf das Kind. Es herrschte eitel Jubel und Freude und Singen und Spiel, und das alles sah er in der dunklen Nacht, in der er früher nichts zu gewahren vermocht hatte. Und er wurde so froh, dass seine Augen geöffnet waren, dass er auf die Knie fiel und Gott dankte."

Aber als Großmutter so weit gekommen war, seufzte sie und sagte: „Aber was der Hirte sah, das können wir auch sehen, denn die Engel fliegen in jeder Weihnachtsnacht unter dem Himmel, wenn wir sie nur zu gewahren vermögen." Und dann legte Großmutter ihre Hand auf meinen Kopf und sagte: „Dies sollst du dir merken, denn es ist so wahr, wie dass ich dich sehe und du mich siehst. Nicht auf Lichter und Lampen kommt es an, und es liegt nicht an Mond und Sonne, sondern was nottut, dass wir Augen haben, die Gottes Herrlichkeit sehen können."

Selma Lagerlöf

Caspar David Friedrich, Winterlandschaft mit Kirche

Eine Vision des Jüngsten Gerichts

Ratataaa. Ich lauschte, ohne zu begreifen. Ratataa. „Großer Gott!“, rief ich aus, noch halbwach. „Was für Höllenlärm.“ Rarararatatata.
„Das weckt freilich jeden auf“, meinte ich und stockte. Wo war ich?
Tatatataaa - lauter und immer lauter.
„Entweder ist das eine neue Erfindung oder -“ Tatatatataaa. Einfach ohrenbetäubend!
„Nein“, sagte ich, und zwar laut, um meine eigene Stimme zu hören. „Das ist die Posaune des Jüngsten Gerichts.“
Tatatatararararatataaa!
Der letzte Ton schleuderte mich wie einen Fisch am Angelhaken aus meinem Grab. Ich sah mein Grabmal (eine ziemlich armselige Angelegenheit, und ich hätte gern gewusst, wer das verbrochen hatte), und die alte Ulme und der Blick aufs Meer verflüchtigten sich wie ein Dampfwölkchen. Und dann stand in dem amphitheatralischen Raum, der so groß war wie das Himmelsgewölbe, rings um mich eine Menge, die kein Sterblicher hätte zu zählen vermocht - Völker, ein Gewirr aller Sprachen, Königreiche, Stämme - Kinder jeden Zeitalters. Und uns gegenüber auf einer blendend weißen Wolke thronend, saßen Gott der Herr und seine himmlischen Heerscharen. An seinen düsteren Schwingen erkannte ich Asrael und an seinem Schwert

Michael, und der große Engel, der die Posaune geblasen hatte, stand da mit noch halb erhobener Posaune.
„Das ging aber rasch", sagte der kleine Mann neben mir. „Sehr rasch. Sehen Sie dort den Engel mit dem Buch?" Er verrenkte sich fast den Hals, um zwischen und hinter den sich um uns drängenden Seelen durchsehen zu können.
„Alle sind sie da", sagte er. „Jedermann. Und jetzt werden wir's ja erfahren. Da ist Darwin", sagte er abschweifend. „Dem werden sie's geben! Und dort – können Sie ihn sehen? – dieser große, bedeutend aussehende Mann, der versucht, Gottes Blick auf sich zu lenken, das ist der Herzog. Aber da sind eine Menge Leute, die man nicht kennt. Ach, da steht ja Priggles, der Verleger. Ich habe mich immer gefragt, wie es diese Verleger machen. Er war ein geschickter Bursche. Aber wir werden es ja jetzt erfahren – auch was ihn betrifft. Nun, ich werde es ja jetzt hören. Ich werde alles mitkriegen, ehe ich selbst … Mein Name fängt mit S an."
Er zog die Luft durch die Zähne. „Auch historische Gestalten. Sehen Sie? Dort ist Heinrich der Achte. Gegen den wird allerhand vorliegen. Verflixt nochmal, er ist ein Tudor." Er dämpfte seine Stimme. „Schauen Sie sich diesen Kerl an, gerade vor uns, völlig behaart. Aus dem paläolithischen Zeitalter, nehme ich an. Und dort wiederum –"
Aber ich schenkte ihm keine Aufmerksamkeit mehr, denn ich blickte auf Gott den Herrn.
„Sind das alle?", fragte Gott der Herr.
Der Engel mit dem Buch – es war einer von unzähligen Bänden, ähnlich dem Lesesaalkatalog im Britischen Museum – warf einen einzigen kurzen Blick über uns.

„Alle", sagte er und fügte hinzu: „Es war, o Herr, ein sehr kleiner Planet."
Die Augen Gottes ruhten auf uns. „Lasst uns anfangen", sprach Gott der Herr.
Der Engel schlug das Buch auf und verlas einen Namen. Es war ein Name voller As und sein Echo hallte aus den äußersten Weiten des Raumes zurück. Ich verstand ihn nicht genau, denn der kleine Mann rief plötzlich dazwischen: „Was ist denn das?" Für meine Ohren klang der Name wie „Ahab", aber es konnte nicht der Ahab der Heiligen Schrift gewesen sein.
Im Nu wurde eine kleine schwarze Gestalt auf ein geballtes Wölkchen zu Füßen Gottes erhoben. Eine steife kleine Gestalt, in fremdartige reiche Gewänder gehüllt und mit einer Krone auf dem Haupt. Sie hatte die Arme verschränkt und blickte finster drein.
„Nun?", sprach Gott der Herr und blickte auf sie herunter.
Zum Glück konnten wir die Antwort verstehen, und tatsächlich war die Akustik des Raumes wunderbar.
„Ich bekenne mich schuldig", sagte die kleine Gestalt.
„Erzähle ihnen, was du getan hast", sprach Gott der Herr.
„Ich war ein König", erzählte die kleine Gestalt, „ein großer König, und war ausschweifend, stolz und grausam. Ich zettelte Kriege an, verwüstete Länder, ließ Paläste bauen, und der Mörtel bestand aus dem Blut der Menschen. Höre die an, o Herr, die Zeugnis wider mich ablegen und Rache von Dir fordern. Hunderte und Tausende von Zeugen." Er wies mit den Händen auf uns. „Und schlimmer noch! Ich ergriff einen Propheten – einen Deiner Propheten –"

„Einen meiner Propheten", sprach Gott der Herr.
„Und da er sich mir nicht beugen wollte, ließ ich ihn vier Tage und Nächte lang foltern und am Ende starb er. Ich tat mehr noch, o Herr, ich lästerte Deinen Namen und beraubte Dich der Dir gebührenden Ehre."
„Beraubtest mich der mir gebührenden Ehre", sprach Gott der Herr.
„Statt Deiner ließ ich mir selbst göttliche Verehrung bezeigen. Es gab nichts Böses, das ich nicht getan, keine Grausamkeit, mit der ich nicht meine Seele befleckt hätte. Und zuletzt zerschmettertest Du mich, o Herr."
Gott runzelte die Stirn.
„Und ich wurde in der Schlacht geschlagen. Und so stehe ich vor Dir, reif für Deine tiefste Hölle! Angesichts Deiner Größe wage ich keine Lüge, keine Rechtfertigung, sondern spreche nur die Wahrheit über meine Missetaten vor der ganzen Menschheit."
Er hielt inne. Deutlich konnte ich sein Antlitz sehen, es schien mir sehr bleich, schrecklich und stolz und von einer seltsamen Vornehmheit. Es erinnerte mich an Miltons Satan.
„Das meiste davon steht auf seiner Gedächtnissäule", sagte der Engel mit dem Buch.
„So ist es", stimmte der Tyrann bei, ein klein wenig erstaunt.
Da beugte sich Gott plötzlich vor und nahm diesen Mann und hielt ihn auf der flachen Hand, wie um ihn besser zu betrachten. Er war nur ein kleiner dunkler Strich in der Mitte von Gottes Handteller.
„Hat er all das getan?", fragte Gott der Herr. Der Engel glättete mit der Hand sein aufgeschlagenes Buch.
„In gewissem Sinne ja", sagte er ungerührt.

Als ich jetzt wieder nach dem kleinen Mann sah, hatte sein Antlitz sich seltsam verändert. Er blickte mit einem wunderlichen Ausdruck in den Augen nach dem Engel mit dem Buch, und erschreckt fuhr er mit der Hand an den Mund. Nur das Zucken eines Muskels oder dergleichen – und alle Würde und aller Trotz waren von ihm abgefallen.

„Lies“, befahl Gott der Herr. Und der Engel las und schilderte ausführlich und umfassend alle Schlechtigkeit des Bösewichts. Es war wirklich eine geistvolle Abhandlung. An manchen Stellen ein wenig „gewagt“, fand ich, aber schließlich hat der Himmel seine Vorrechte …

Alle lachten. Selbst der Prophet des Herrn, derselbe, den der Bösewicht hatte foltern lassen, verzog das Gesicht zu einem Lächeln. Der Bösewicht war wirklich ein unmöglicher kleiner Wicht.

„Und dann“, las der Engel weiter aus dem Buch vor, mit einem Lächeln, das uns lüstern machte, „eines Tages, als er ein wenig gereizt war, weil er sich übergessen hatte –“

„Ach, nur das nicht!“, rief der Bösewicht. „Davon weiß niemand etwas. Es kam ja nicht dazu“, kreischte er. „Ich war schlecht – wirklich schlecht. Nur zu oft war ich schlecht, aber es gab nichts so Dummes – so restlos Dummes –“

Der Engel las weiter.

„O Gott!“, rief der Bösewicht. „Lass sie das nicht wissen! Ich will bereuen! Ich will um Verzeihung bitten …“ Er begann, auf Gottes Handteller zu hüpfen und zu wehklagen. Plötzlich überwältigte ihn die Scham. Er machte einen verzweifelten Versuch, von dem Ballen von Gottes kleinem Finger zu springen, aber Gott schob ihn durch eine Drehung des Handgelenks beiseite. Dann lief er auf den Spalt zwischen Hand und Daumen zu, aber der Daumen legte sich an. Und derweilen las der Engel weiter und immer weiter. Der Bösewicht rannte auf Gottes Handteller hin und her, wandte sich dann plötzlich um und verkroch sich in Gottes Ärmel. Ich erwartete, dass Gott ihn herausschütteln würde, doch Gottes Gnade ist unerschöpflich.

Der Engel mit dem Buch hielt inne.

„Nun?“, fragte er.

„Der Nächste“, sprach Gott, und bevor noch der Engel mit dem Buch den Namen aufrufen konnte, stand ein behaartes Wesen in schmutzigen Lumpen auf Gottes Hand.

„Also ist Gottes Hölle wohl in seinem Ärmel?“, meinte der kleine Mann neben mir.

„Gibt es denn eine Hölle?“, fragte ich.

„Vielleicht haben Sie bemerkt“, sagte er und blickte zwischen den Füßen der großen Engel hindurch, „dass es kein besonderes Anzeichen von einem Himmelreich gibt?“

„Ssssst!“, machte ärgerlich eine kleine Frau in unserer Nähe. „Hören Sie doch auf diesen Heiligen!“

„Er war Herr auf Erden, ich aber war der Prophet Gottes im Himmel“, rief der Heilige, „und alles Volk bestaunte das Zeichen. Denn ich, o Herr, wusste um den Glanz des Paradieses. Kein Leid, keine Entbehrung war mir zu groß, mein Leib wies Wunden von Messern auf, von unter meine Nägel getriebenen Splittern, zerfetztem Fleisch, alles zum Ruhme und zur Ehre Gottes.“

Gott der Herr lächelte.
„Und schließlich ging ich einher in Lumpen, mit meinen Wunden und im Elend meiner heiligen Entsagungen –“
Plötzlich lachte Gabriel.
„Und lag vor den Toren als ein Zeichen, ein Wunder –“
„Als eine richtige Plage“, unterbrach ihn der Engel mit dem Buch und begann zu lesen, ungeachtet der Tatsache, dass der Heilige noch immer von den herrlich unerfreulichen Dingen sprach, die er getan hatte, auf dass das Paradies sein sei. Und siehe, in jenem Buch war auch die Aufzeichnung über den Heiligen eine Enthüllung, ein Wunder.
Kaum zehn Sekunden schienen verstrichen, als auch der Heilige auf Gottes großer Handfläche hin und her lief. Keine zehn Sekunden! Und schließlich schrie auch er angesichts dieser mitleidlosen Bloßstellung, und auch er flüchtete sich – wie das der Bösewicht vor ihm getan hatte – in den Schatten des Ärmels. Und uns wurde erlaubt, in den Schatten des Ärmels zu blicken. Und wir sahen die beiden da sitzen, Seite an Seite, bar jeder Selbsttäuschung, brüderlich im Schatten des Gewandes von Gottes Barmherzigkeit.
Dorthin flüchtete auch ich, als die Reihe an mich kam.
„Und jetzt“, sprach Gott der Herr, als er uns aus seinem Ärmel auf den Planeten schüttelte, auf dem wir von nun an leben sollten – jenem Planeten, der um den grünen Sirius als Sonne kreist –, „nun ihr mich und wir einander ein wenig besser verstehen – versucht es noch einmal.“
Dann wandten er und seine Engel sich ab und waren plötzlich verschwunden. Der Thron war verschwun-

den. Rings um mich war ein herrliches Land, herrlicher als ich je zuvor gesehen hatte - kahl, gewaltig und von großartiger Erhabenheit. Und rings um mich waren die erleuchteten Seelen der Menschen in einem neuen geläuterten Leib.

Herbert George Wells

Denk es, o Seele!

Ein Tännlein grünet wo,
wer weiß, im Walde,
ein Rosenstrauch, wer sagt,
in welchem Garten?
Sie sind erlesen schon,
denk es, o Seele,
auf deinem Grab zu wurzeln
und zu wachsen.

Zwei schwarze Rösslein weiden
auf der Wiese,
sie kehren heim zur Stadt
in muntern Sprüngen.
Sie werden schrittweis gehn
mit deiner Leiche;
vielleicht, vielleicht noch eh
an ihren Hufen
das Eisen los wird,
das ich blitzen sehe!

Eduard Mörike

Quellenverzeichnis

Textnachweis

Heinrich Böll, Monolog eines Kellners, aus: Heinrich Böll, Werke Bd. 12, 1959–1963, Verlag Kiepenheuer & Witsch, Köln 2008, S. 22–24.

Truman Capote, Eine Weihnacht, aus: Truman Capote. Baum der Nacht. Aus dem Englischen von Ursula-Maria Mössner © 2017 by KEIN & ABER AG Zürich - Berlin.

Hans Carossa, Die Krippe © Eva Kampmann-Carossa.

Hermann Hesse, In Weihnachtszeiten, aus: Hermann Hesse, Sämtliche Werke in 20 Bänden. Herausgegeben von Volker Michels. Band 10: Die Gedichte. © Suhrkamp Verlag Frankfurt am Main 2002. Alle Rechte bei und vorbehalten durch Suhrkamp Verlag Berlin.

Erich Kästner, Der Dezember, aus: Die dreizehn Monate © Atrium Verlag AG, Zürich 1955 und Thomas Kästner.

Manfred Kyber, Der verliebte Pfefferkuchen, aus: Manfred Kyber, Gesammelte Tiergeschichten © Rowohlt Verlag, Reinbek 1972.

Otfried Preußler, Erdbeeren im Schnee, aus: Otfried Preußler, Die Flucht nach Ägypten © 1990 Thienemann Verlag in der Thienemann-Esslinger Verlag GmbH, Stuttgart.

Josef Weinheber, Anbetung des Kindes, aus: Josef Weinheber, Sämtliche Werke, Bd II: Die Hauptwerke © Otto Müller Verlag, Salzburg 1972.

Herbert George Wells, Vision des Jüngsten Gerichts © Philipp Reclam jun. Verlag GmbH, Ditzingen.

Bildnachweis

S. 12: Melozzo da Forli, Engel mit Viola, 1475–1480, Fresko, Vatikanische Pinakothek, Rom
S. 24/25: Pieter Bruegel d. Ä.: Flandrische Winterlandschaft, 1566, auf Holz, Musées Royaux d'Art et d'Hist., Brüssel
S. 51: Ernst Ferdinand Oehme, Neujahrsnacht / „Stille Weihnacht (Meißen im Winter; Christnacht)", um 1832/40, Öl auf Leinwand, Privatbesitz © picture alliance / akg-images
S. 66/67: Paul Hey, Christmarkt, Aquarell © akg-images
S. 94: Stephan Lochner, Singende Engel, Ausschnitt aus Anbetung des Kindes durch Maria, um 1410–1451, Alte Pinakothek, München © Bayer&Mitko – ARTOTHEK
S. 104/105: Franz Bohumil Doubek, Weihnachtsabend in der Gründerzeitfamilie „O du fröhliche, o du selige, gnadenbringende Weihnachtszeit!", 1909, Farbdruck nach Gemälde © picture alliance / akg-images
S. 127: Franz Skarbina, Berliner Weihnachtszimmer, 1892, Öl auf Leinwand, Berlin © picture alliance / akg-images
S. 146: Stephan Lochner, Die Muttergottes in der Rosenlaube / im Rosenhag, um 1450, Mischtechnik auf Holz, Wallraf-Richartz-Museum & Fondation Corboud, Köln
S. 165: Caspar David Friedrich, Winterlandschaft mit Kirche, 1811, Öl auf Leinwand, Museum für Kunst und Kulturgeschichte, Dortmund